天使のいた日々

ある犬たちの物語

朝岡リカ

文芸社

目次

一　朝霧高原

五月のきらめくような光を浴びたその庭の片隅に、ポツンと建てられた白い小さな石碑。その前で、男は静かにたたずんでいた。

男は両腕に抱えるようにして持っていた花を石碑の前にそっと置き、しゃがみ込んだ。

男の隣には一匹の犬が座っている。犬は身を乗り出すと、その花の匂いをくんくんと嗅ぎ、男を見上げた。男は犬の背中に腕を回して静かに撫でながら、もう一方の手で石碑に書かれた文字をたどった。

〝ここで待っています。愛し、見守り、導きながら〟

「俺を待ってるわけじゃないんだ。もちろんお前でもないさ」

男は犬に話しかけた。このメッセージが、自分に語られた言葉ではないことが悲しかった。犬は首を右に傾げて男を見つめた。

一瞬強い風が吹き、犬の耳がゆらゆら揺れた。

「三年か」

男がポツリとつぶやいた。

三年前、この石碑に書かれたメッセージを残した女は、今はもう誰も待ってはいない。女はこの世で最後まで愛したものを、今やっと取り戻したのだ。それは一点の曇りもない心を持った、愛と真実の矢を放つ、二匹の犬だった。

エリ子は引っ越しの準備に追われていた。明日、静岡県の朝霧高原で新しい生活を始めるためにこの町を出てゆく。自然と顔がほころび、口元がゆるんでくる。待ち続けていたのだ。過去を捨て、未来にある穏やかな生活を手に入れる日を。

引っ越しの準備は、何から何まで一人でやっているから、二週間もかかってしまった。だが、家具や家電などはいっさい捨ててしまったので、持っていく荷物は少ない。

この家は親から受け継いだものだがもう古いし、親も亡くなり、兄弟も姉妹もいない。二十歳の頃からずっと一人で暮らしてきた。だから未練もないし、寂しくもない。

いや、一人きりではなかった。いつも犬や猫がいてくれた。エリ子にとって、唯一信頼できる永遠の友だった。今は二匹の友と暮らしている。

一匹はラブラドール・レトリーバーのベル。そしてもう一匹は、ジャーマン・シェパードドッグのイーリアである。二匹ともレディだ。

エリ子の引っ越しが終わり、新居の片づけが済むまでの間、彼女たちはこれまでずっとお世話になってきた警察犬訓練所に預かってもらっている。今頃は、トレーナーといっしょに遊んでいるかもしれない。

早く会いたい。その気持ちから、体がどんどん動き、てきぱきと作業をするスピードが一段と上がる。朝の八時から始めて、もう夜の七時だ。おなかも空いてきた。といっても台所用品は、すべてダンボールの中に入れてしまった。しかたないので、昨日買っておいたパンを食べ、ペットボトルからじかにウーロン茶を飲んだ。

エリ子の名誉のために断っておくが、彼女だってちゃんと料理はできるし、その腕はなかなかのものなのだ。だが、エリ子は食事にうるさくはないし、グルメでもない。おなかがいっぱいになればそれで満足する。犬みたいである。

バゲットを食べ終え、缶コーヒーを飲んだ。食後にはかならずコーヒーを飲む。

タバコを吸いながら部屋を見まわしてみると、ガランとしてやけに広く感じる。ダンボールは、玄関から廊下へと続く通路に並べてあった。大きな家具などはないので、ほとんどダンボールばかりだ。家具や家電は、何度かむこうの家に足を運び、掃除などをしている合間に買い込んだ。すでにきちんと配置され、家主が来るのを待っている。

「あとは」と、声に出した。あとは両親の仏壇を片づけるだけだ。

いつまでも座り込んでいると、疲れが体中に広がって、動けなくなりそうだ。エリ子は重くなった腰を上げ、仏壇の片づけに取りかかった。

その頃、湘南鎌倉にある警察犬訓練所では、犬たちが食事を終え、訓練士たちは後片づけに忙しい時間だった。

ベルとイーリアも食事を平らげ、犬舎の外へ出してもらっていた。外といっても、ちゃんとフェンスで囲まれている。食事が済むと、犬たちに〝ワンツー〟をさせるために、こうして犬舎から出してやるのだ。ワンは排尿、ツーは排便である。

犬舎の中にはケージが十二置いてあり、現在八匹の牝だけが入っている。牡たちは隣の犬舎にいる。発情の問題があるため、こうして牡と牝を別々に分けておくのだ。

犬舎の外は三百坪以上ある運動場で、障害物訓練に使う道具や、アジリティ競技に使用する設備が整っていた。

食後、外へ出て遊ぶのも牡牝別で、どちらが先かは一日交替になっている。この日はレディ・ファーストだ。

ベルはこの時間が好きで、他の犬たちの匂いを嗅ぎまわってはあいさつしている。

やがて、手の空いたトレーナーの女の子がボールを見せると、何匹かの犬がトレーナーに駆け寄り、早く投げてくれといわんばかりにシッポを振り、前足をジャンプさせてせがむ。

トレーナーが、思いきりボールを投げる。ベルは他の犬たちに負けまいと、必死にボールを追いかける。あと一歩のところで他の犬にボールを取られたが、怒ったり、横取りしたりはしない。

ボールを獲得した犬は、すぐにトレーナーのところへ持っていく。また投げてもらうためだ。ベルもその犬のあとを、飛び跳ねるようにしてついていった。

その様子をイーリアは、ただじっと見ているだけだった。イーリアはボール遊びがそれほど好きではないのだ。訓練所に入る前は、それこそベルにベッタリで、ボールを追いかけるベルのあとを必死に追いまわしていたのだが。

イーリアにとって、ベルは母親も同然だった。子犬の頃は、少しも離れていられなかった。生後五十日足らずでエリ子に引き取られたイーリアは、先住犬であったベルに甘え、慕い、独占したがった。成犬になると少しは落ちついたが、それでも訓練をしていない時間は、いつでもベルを目で追っていた。

トレーナーがボール投げをやめると、イーリアはベルのそばへ駆け寄った。ボールで遊んでいる間は、ベルは絶対、イーリアをかまったりしないのだ。ベルはイーリアに気がつくと、すぐに匂いを嗅いで確認する。イーリアもまた、ベルの口元を舐めて甘える。もう四歳にもなるのだが、ベルの前では子供っぽいしぐさをする。

二匹とも、生後六カ月のときから訓練所に預けられた。一年間預けられたあとも、毎週のように通い、競技用の訓練などを続けていた。

ベルはもう七歳で、高齢になったために競技会のほうは引退した。

二匹は数々の賞を獲った。服従訓練や追跡訓練、そして災害救助犬の認定も受けていた。

イーリアは、去年までは嘱託警察犬として県警のほうにも登録されていたのだが、今年はエリ子が希望して、毎年行われる警察犬の適性試験は受けさせなかった。

警察犬として働く犬は平均寿命が短いという理由からだった。それに静岡に引っ越すことになり、鎌倉まで通うにはかなり無理をしなくてはならない。犬たちのためになるのならいいが、往復する時間のほうが訓練をする時間よりも長くかかってしまっては、かえって犬たちを疲れさせるだけだ。

ベルもイーリアも、もう訓練所生活をしなくても、完璧にしつけられた優秀な犬たちだと、エリ子は結論を出したのだ。

　そろそろ牡と牝の交替時間である。ベルとイーリアは、それぞれのケージに入って寝る。犬舎の中は、真っ暗にはしない。暗闇を怖がる犬もいるのだ。ほの暗い犬舎の中、たちまち寝ついてしまうベルのような犬もいれば、あたりの様子をうかがい、何も変わりがないことを確認するまでは、安心して寝つけないイーリアのような犬もいる。

　この夜もイーリアは、いつまでも寝つけなかった。


　よく晴れた朝だった。エリ子は五時に起き出していた。まるで遠足に行く子供のように、のんびりしていられない気分なのだ。シャワーを浴び、身仕度を整えると、使ったものからダンボールに詰め込んでいった。

　エリ子は自分の車で出るので、大切なものや壊れそうなもの、そして貴重品などを自分の車に運び、どんどん積み上げていった。といっても、それほど多くはないので、あっという間に終わってしまった。

　まだ七時だ。引っ越し業者が来るのは八時。エリ子は家の中へ戻ると、サイフを手に取り近くのコンビニまで歩いていった。サンドイッチと缶コーヒー、それにペットボトルのお茶を四本買った。業者が三人来るので、道中飲んでもらおうと思ったのだ。

　ガランとした部屋の中で、サンドイッチをパクついた。

　静まりかえった空間で、突然携帯の着メロが鳴った。ボーッとしていたエリ子は、思わずビクッとしてしまった。手に力が入ったらしく、サンドイッチが少しつぶれてしまった。メールだ。一年前まで働いていた店のお客からだった。履歴を見ると、夕べから四件もメールが入っていた。忙しくて、携帯の存在すらすっかり忘れていた。どれも似たような内容だった。「むこうに行ってもガンバレ」とか、「何かあったら連絡してね」とか。

寂しい気持ちなど指先ほどもなかったが、店を辞めたあとでもこうして友人としてエールを送ってくれるお客たちのやさしさが、エリ子は素直にうれしかった。

二十歳のときにその店に入り、十二年間働いた。エリ子ももう三十二だ。

お客の中には、自分の女房よりエリ子とのつきあいのほうが長いという男もたくさんいた。結婚してくれと言われたことも何度かあった。だがエリ子は、結婚したいなどとは一度も思ったことがなかった。恋人もいたが、結婚話が出るとすぐに別れを切り出した。今ではよき友人としてつきあっている。

可愛いという感じではないし、美人というほどでもない。十人並みといったところなのだが、エリ子は何故か人を惹きつける。それは、誰にも頼らず、自分の道を自分だけの力で切り開いてきた強さと、誰と接するときも常に相手の気持ちになって考え、いっしょに悩んであげるというやさしさゆえだろう。

メールを読み終わり、いつものように削除しようとした。が、何となくそのまま残しておいた。自分では意識していないが、感傷的になっているのかもしれない。

あの店で働いた十二年間は、エリ子が成長し、独立するための強さを得るには有益な時間だったが、早く忘れてしまいたい過去でもあった。そう、風俗店で男の手垢にまみれた過去なのだから……。


その日の午後四時には、エリ子は朝霧高原の新居でダンボールの荷ほどきをしていた。台所用品の整理が一番手間取りそうだ。だが、すぐにも使いたいものがポットや食器なのだから、やはりここから始めるしかない。

エリ子はこの朝霧で、新しい商売を始めるのだ。

この家の一階部分を改装して、喫茶店を作った。〝WITH〟という名の店で、犬といっしょにお茶が飲める、いわゆるドッグ・カフェというやつだ。

料理好きなエリ子は、そこで腕をふるうために調理の方法を研究しようと、あちらこちらで買い求めた調理器具がダンボール七箱分もあった。今夜は遅くまでかかりそうだ。エリ子はため息をつくと、あとはもう黙々と体を動かした。

この家の敷地は三百坪ある平屋のログハウスだ。店をやりながら犬たちと暮らすには充分な広さだった。

庭には芝が敷きつめられ、小さく張り出したテラスには、やはり小さなテーブルセットが置かれていた。この庭はドッグ・ランとして、店に来てくれた犬たちに開放するのだ。ノーリードで自由に駆けまわる愛犬を眺めながら、飼い主たちは我が子自慢を交わし合い、お茶を飲む。

七月のオープンに向けて、エリ子の夢を乗せた船は、静かに進水したのだ。

少し休憩することにしたエリ子は、セットしておいた電気ポットのお湯で、インスタントコーヒーを淹れて飲んだ。タバコに火を点けたが、作業をする手は止まらなかった。

一度にいくつもの雑用を片づけてしまう要領のよさのおかげで、台所も終わり、寝室、リビング、バスと、てきぱきとこなしていった。早く片づけば、それだけ早くあの子たちを迎えに行けるのだ。生活するのに不便でない程度に片づいたのは、十時を回った頃だった。

エリ子は明日、犬たちを迎えにいくことにした。

さっそく訓練所に電話をしてみると、所長の山村は留守だった。山村の妻、有子に明日犬たちを迎えにいく旨を伝えた。

「あら、もう片づいたの？　一人で大変だったでしょ。お迎えはいつでもかまわないけど、今日の明日じゃ疲れちゃうんじゃない？　無理しちゃダメよ」

心配性の有子が言った。明るくてお人好しの有子は、何かとエリ子の体を心配してくれる。テレビでやっていたといっては、免疫力を高める果物だの、老化防止に効く野菜だの、今までにたくさんの食材をくれた。わりとよくいるタイプだが、エリ子は有子が大好きだった。

電話を切るときも、

「疲れたときはお酢を飲みなさいよ。疲労物質を減らしてくれるからね」

エリ子は「それって私が言ったんじゃない」と思いながら、風呂場に行ってお湯を入れた。

新居で初めての入浴を済ませると、さっきからうるさく鳴いている腹の虫を黙らせるために、冷凍ピザをオーブンで温めて食べた。明日は食料品の買い出しをしてこなくては。それにベルとイーリアのフードもだ。

体中が筋肉痛になりそうだ。有子の言うとおり、あとで黒酢を飲もう。

でも、明日あの子たちに会えば、疲れなんか吹っ飛んでしまうだろう。エリ子の顔を見たとたん、ヒーヒー言いながら飛びつき、エリ子のまわりをぐるぐる回って喜ぶに違いない。

黒酢をグラスに半分ほど入れ、一気に飲み干したエリ子は、明日の体力のことを考え、早めに寝ることにした。ベッドに入り、明日の買い物リストを考えながら、あっという間に眠りに落ちていった。


その頃、エリ子が今まで住んでいた平塚市にある総合病院の外科診察室では、シャーカステンに貼りつけられたレントゲンフィルムを二人の医師がにらみつけていた。

ＣＴスキャンで撮影されたフィルムの一枚を指差しながら、何やら考え込んでいる。

「子宮頸部のキャンサー、ステージⅢというところだね」

五十代くらいの、黒ブチメガネをかけた見るからに医者という感じの医師が言った。

「独身ということだが、僕は全摘したほうがいいと思う。オペして、放射線と化学療法で徹底的にたたく。明石、お前の知り合いなんだろ？　この相川エリ子さんて」

そう聞かれた明石は、青ざめた顔をして、かすれた声をやっと出した。

「はい、昔からの友人です。吉田先生、大丈夫ですか？　彼女は」

吉田は、明石の肩をたたいて言った。

「患者みたいなことを言うなよ。やってみなきゃ分からないさ。友人として、主治医として、やれるだけのことはやるんだ。問題は告知だな。どうするんだ？　家族を呼んで、先に説明するか」

「それが……引っ越したんです。今日、静岡に。それに家族はいません。だから、検査結果は僕が直接電話で知らせることになっているんです。『もしもガンだった場合でも、はっきり言ってくれ』と言われています」

明石涼介は、先週エリ子が検診を受けた日のことを思い出して言った。吉田がもう一度聞いた。

「で、どうするんだ？　お前、彼女に告知できるか？」

「それは……」

涼介は言いよどんだが、顔を上げるとはっきり言った。

「話します。彼女は強い人です。それに、彼女の身内はみんなガンで亡くなっているんです。いつか自分もガンになるのではないかと漠然と考えているようでしたし、実際僕にもそう言っていました。自分の入っている保険にはすべて、ガン特約を付けていたくらいですから。僕には、彼女にウソをつくことはできません」

「惚れてるんだな、彼女に。お前がベストだと思うことをしてやれ」

吉田が言った。

「彼女に連絡をとってみます。失礼します」

涼介はそう言うと、一礼して診察室を出ていった。医局に戻った涼介は、すっかり冷めてしまったコーヒーを飲みながら考え込んだ。

〝惚れてるんだな〟吉田の言葉が頭の中で駆け巡った。ああ、惚れてるさ。だが、この気持ちを吉田に打ち明ける気はないし、誰に話す気もない。

涼介は受話器を持ち上げたが、どうしてもダイヤルボタンが押せない。彼女は何と言うだろう。新しい生活を始めようとしている、夢と希望にあふれている今の彼女は……。

ダメだ。涼介は受話器をフックに戻した。自分がガン告知を受けたかのように、うろたえ、落ち込んでいる今の俺には、彼女に話すことなどできない。まずは俺自身、気持ちを鎮めて、そして冷静に考えなくては。今日は彼女も疲れているだろう。もう寝てしまったかもしれない。

涼介は自分の都合のいいように、便宜的な考え方をしていることは自覚していた。が、どうしようもなかった。とにかく今は、彼女に何も言いたくなかったのだ。幸い今夜は当直だ。仕事をしていれば気も紛れるだろう。

涼介は苦いコーヒーを一気に飲み干し、重症患者の様子を診にいった。


翌朝、七時にセットしておいた目覚しのベルで、心地よい眠りから起こされたエリ子は、予想していたとおりの体中の痛みに、思わず呻いた。

何とか起き出すと、まずポットのお湯を沸かし、コーヒーメーカーをセットした。その間に熱いシャワーを浴び、ブルーのYシャツとジーンズに着がえた。キッチンでコーヒーを飲みながら、軽く化粧をするが、どうにも落ちつかない。早く出かけたくてたまらないのだ。手早く化粧を済ませると、空腹感を覚えながらも戸締まりをして家を出た。

よく晴れた暖かい日だ。ドライブするには最高だった。

エリ子の家の近くには、田貫湖という湖があり、そのあたりにはキャンプ場もいくつかあった。ベルもイーリアも水遊びが大好きだ。夏になったら、たくさん泳がせてあげよう。冬は寒いが、夏はとても涼しく、犬たちにとっては理想的な環境だ。

それに比べてエリ子のほうは、一年中夏だといいのにと思うほど、寒さにはとても弱い。

順調に走り出したエリ子のRV車は、国道一三九号線に出て南下してゆく。このままひたすら南へ向かえば、東名高速の富士インターに乗れるのだ。うまくいけば、昼頃には着けるだろう。エリ子は途中のドライブインで、おみやげを買っていくことにした。ミルクとチーズをたっぷり使った、クリーミーなチーズケーキを五箱。エリ子も自分用にホットドッグを買い、運転しながらパクついた。

先週までは、五月の大型連休のせいでこのあたりも混んでいただろう。しかし今日は道路も空いていて、流れもスムーズだった。東名高速に入ると、エリ子はアクセルを踏み込んで車を飛ばした。

予定どおり、訓練所には十二時を少し過ぎた頃に着いた。駐車場に車を乗り入れると、犬たちの吠える声が聞こえてきた。

金網でできた扉を開けエリ子が入っていくと、トレーナーの女の子が「こんにちは」と、元気よくあいさつをしてくれる。この訓練所のスタッフたちはみな、大きな声で明るくあいさつをするのだが、それは人間関係を築く基本はあいさつだという信念を持つ、山村夫妻の指導の成果だろう。

その山村が、グラウンドの隅で、訓練を終えた犬の体を拭いている姿が目に入った。午前中の訓練が終わり、今は自由に走りまわっている犬たちが何頭かいる。

ベルとイーリアはどこだろう。第二グラウンドを見にいったエリ子は、そこで追いかけっこをして遊ぶベルとイーリアを見つけた。

この訓練所にいる犬は、ほとんどがシェパードやラブラドールのような使役犬と呼ばれる犬たちだ。似たような犬たちの中からすぐにベルとイーリアを見つけ出せるのは、エリ子に言わせれば「この中で一番可愛い子がウチの子」だから、しごく容易なことなのであった。

「ベルー、イーリアー!」

エリ子が大声で呼ぶと、ベルとイーリアは追いかけっこをやめて、こちらを振り返った。エリ子の声だとちゃんと分かってはいるが、犬はひどい近視のため、相手がじっと動かずにいると、それがエリ子であってもただの物にしか見えない。もっと近くに来させなければ。

「ベル、イーリア!」

エリ子は両腕を振りまわしてもう一度呼んだ。

ベルとイーリアのシッポが立ち上がり、耳を寝かせてダッシュしてきた。グラウンドはフェンスで囲まれているので、エリ子は右手にある扉を開けて入ろうとしたが、その扉に飛びつき、必死にエリ子の匂いを嗅ごうと身を乗り出してくるので、扉が重くて開かない。

「スワレ」

エリ子が言うと、犬たちは一歩下って座る。その隙に扉を開けて中に入った。

ベルとイーリアのシッポは、今にもスッポ抜けて飛んでいきそうなくらい振られていた。エリ子がしゃがむと、犬たちは同時に飛びついてきた。押し倒され、顔中舐めまわされたエリ子の顔は、犬たちのヨダレでベチャベチャになったが、エリ子はそのまま好きにさせておいた。会えてうれしいと喜ぶ犬たちに〝お母さんもだよ〟という気持ちを伝えたかったからだ。

「もう片づいたのか？　疲れたろ。うちの奴も心配してたぞ」

いつからそこにいたのか、山村がニコニコして立っていた。胸に生後二カ月くらいのシェパードを抱いている。

「ありがとう。だいたいのところは片づいた。早くこの子たちを迎えにきたかったもんだから、ちょっとがんばりすぎて筋肉痛なの。それよりおなか空いちゃって。なんか食べさせて」

エリ子は立ち上がると、ジーンズの汚れを払い落としながら言った。

「しょうがないなあ。またメシ抜きで来たのか。ラーメンでも取るか？　それともメシのほうがいいか？」

「ラーメンがいい。ミソね」

二人はラウンジに向かって歩き出した。ラウンジといっても、ジュースの自動販売機が置いてあり、古い木のテーブルとイスがそれぞれ三つずつ置いてあるだけだ。

ラウンジに入ると、山村は電話で出前を頼み、イスをきしませてドカッと座った。

「秋の競技会はどうする？　警察犬の試験とは違って、競技会は祭りみたいなもんだぞ」

山村が聞いた。エリ子は、

「今年は見送ろうと思うの。春にもがんばってもらったでしょ。出場させるからにはまた三カ月くらい預けないといけないじゃない。七月には店もオープンするから、忙しくて様子を見にいってあげることもできないと思うし、この子たちにはまず、新しい環境に早く慣れてもらいたいんだ。来年の春には出してもいいかなって思ってる。でも、それでイーリアも引退させる」

「ベルはもう高齢だからしかたないが、イーリアは四歳だろ。もったいない気もするけどな。だけどイーリアにとっては、何カ月もエリちゃんと離れて訓練をしなくてもよくなるわけだから、そのほうがいいかもしれないよな」

山村は残念そうに言ったが、イーリアの身になって考えれば、いつもエリ子やベルといっしょにいられる生活のほうがいいに決まっている。

「あらあ、エリちゃん。どう？　疲れてないの？」

有子がお盆にミソラーメンを二つ乗せて持ってきた。おにぎりまである。

「お昼におにぎり作ったの。食べなさい」

と言ってテーブルに置いた。自分もおにぎりを一つ取って食べ始める。

「ねぇ、朝霧高原て夏は涼しいんでしょ？　夏になったらぜひ行くわね」

おいしそうにおにぎりを食べながら言う。

「うん。所長といっしょに来てね。うんとごちそうするから。七月のオープンのときには絶対来なきゃダメだからね」

エリ子はラーメンを食べながらも、念を押すように言った。

「ああ、かならず行くよ。一晩泊めてもらうから、ふとん用意しておいて」

山村はスープを飲み干し、丼を置いてそう言った。

食後、コーヒーを飲みながら三人はしばらくおしゃべりをしていたが、やがてエリ子は買い物をしていきたいので帰ると言い、ベルとイーリアを連れて訓練所をあとにした。

車に乗るときの犬たちは、とてもうれしそうな顔をしていた。

「いろいろお世話になりました。夏にはかならず来てよね。七月にオープンするからさ」

エリ子が言うと、山村は大きくうなずき、

「ああ、かならず行くよ。それよりエリちゃん、張り切りすぎて体こわすなよ」

妻の有子も、

「そうよ、アルバイト雇うんでしょ？　何でも自分一人でやろうとしないで、バイトにやらせればいいのよ。お給料払うんだから」

と、有子らしいことを言った。

そのとき、山村の携帯が鳴ったので、「じゃあね、朝霧でお会いしましょう」と言って、エリ子は車に乗り込み、エンジンをスタートさせた。

「はい、山村でーす」と、話をしながら手を振る山村夫妻に、エリ子はクラクションを一つ鳴らしてあいさつした。

走り出した車のバックミラーに映るベルとイーリアの顔を見た。

「ベーちゃん、イーちゃん。新しいおうちなんだぞお。楽しみにしていてね」

と話しかけて笑った。エリ子は時計を見た。二時十五分だ。買い物を済ませて帰った頃には、もうこの子たちの食事時間になるだろう。訓練所では、いつもドライフードしか食べられない。今日は奮発して、牛の生肉をごちそうしてあげよう。

買うものをメモしてくればよかったと思いながら、エリ子は必要なものをあれこれと、頭の中にリストアップしたのだった。

電話を切った山村は、固い表情でラウンジに入っていくと、片づけものをしている有子に言った。

「おい有子。電話は涼介からだった。大変なことになったらしい」

「あら、涼ちゃんだったの。何だって？　何が大変なの？」

と、冴えない顔をした山村に聞いた。

明石涼介は、ここ鎌倉の出身で、この訓練所から歩いても行けるほどの近所に住んでいた。子供の頃から犬好きだった涼介は、よく自転車を飛ばしては訓練所に遊びにきていた。幼い頃に両親が離婚し、父親と二人で暮らしていたのだが、医師をしていた父親は忙しく、涼介と接する時間をあまり持たなかった。親の愛情に恵まれず、孤独だった少年の心をなぐさめてくれたのが、ここにいた多くの犬たちだったのだ。

今はもう、父親も他界し、母親の所在も分からなくなってしまったが、当時住んでいた家は今も残っていた。とはいっても涼介は今、勤務している病院の近くにアパートを借りて住んでいるため、実家に帰ることはほとんどない。

ただ、自分の犬がこの訓練所に預けられているので、休みが取れるとかならず山村のところへ顔を出す。涼介の犬もシェパードで、牡の五歳。嘱託の警察犬として登録されているため、ほとんど訓練所生活をしていた。名前はコール。毎年、警察犬の試験があり、合格しなければ嘱託警察犬としての資格がなくなってしまう。したがって、日々訓練に明け暮れているのだ。

涼介とエリ子はこの訓練所で出合い、愛し合い、そして別れた。

ただ、憎み合って別れたわけではないから、今ではよき友人として、食事に行ったり、ドッグショーに出かけたり、たまには二人でいっしょにこの訓練所に顔を出すこともあったりと、いいつきあいをしていた。

その涼介から山村に電話があったのは、エリ子の新居にも携帯にも電話がつながらないので、もしかすると犬たちを迎えにいったのではと思ったがゆえだった。

山村は無表情な顔で言った。

「エリちゃん、このあいだ婦人科検診受けたって言ってたろ？　先週だっけ？」

「うん、そう。私が一度は受けなさいってうるさく言ったから。涼ちゃんのところで受けたんでしょ。それがどうかしたの？　まさか……」

有子は嫌な予感がして、先の言葉が出なかった。

「子宮ガンが見つかったそうだ」

山村がぶっきらぼうに言った。

「……何てこと」

有子が小さくつぶやく。山村の顔を見ると、険しい目が有子を見つめていた。その目をしっかりととらえて、有子がもう一度つぶやいた。

「何てことなの」

エリ子は海岸線を走っていた。全開にした窓からは、ベルとイーリアが顔を出し、気持ちよさそうに潮風に吹かれていた。

朝霧に落ちついてしまえば、当分海に行くことはないだろう。今日はスペシャルサービスだ。エリ子は海岸線沿いにある、有料パーキングに車を乗り入れた。後部ドアを開けてやると、犬たちは待ってましたと言わんばかりに飛び降りてきた。

狭い階段を上ると、もうそこには砂浜が広がっている。何度か来たことのある、お気に入りの場所なのだ。今日は人影もまばらだった。

〝よし、大丈夫だろう〟

エリ子は犬たちのリードを外してやった。が、駆け出そうとはしない。エリ子の両側にぴったりとついている。しかたないのでエリ子が駆け出してやる。

「ベル、イーリア、おいで!」

エリ子がはしゃいでみせると、犬たちは目を輝かせてあとを追ってくる。ベルもイーリアも、海で遊ぶのは久しぶりだ。水しぶきを上げながら、楽しげに遊ぶ犬たちの様子にエリ子は満足した。

エリ子はタバコを取り出すと、火を点けてゆっくりと吸った。

帰りがますます遅くなってしまうが、ここに連れてきてやってよかったと思った。伸び伸びと自由に楽しんでいる犬たちを眺めるのは、エリ子にとっても一服の清涼剤だ。

エリ子は立ち上がると、犬たちを大声で呼んだ。

「ベルー、イーリアー。帰るよー!」

エリ子の声に、犬たちが猛ダッシュで駆け寄ってきた。

「あっ、ちょっと待ってよ。まだダメだってば」

後ずさりしようとしたが、もう間に合わなかった。ベルとイーリアは、息もぴったりに同時にブルブルと体を振った。水しぶきがエリ子の顔や頭、それに服へ豪快に飛んできた。

「うわーん、ヤダー!」

エリ子は犬たちをにらんだが、ベルとイーリアはうれしそうに舌を出して笑っていた。


その日、買い物をして我が家に帰ったのは、八時を回った頃だった。エリ子が食事の仕度をしている間、犬たちは新しい家を探検して回っていた。「ごはんだよー」と、エリ子が呼ぶと、ドタドタとすっ飛んできて、エリ子の前に座った。

エリ子は食器を置き〝マテ〟をさせると、犬たちの目が食器からエリ子に移ったのを確認してから〝ヨシ〟で食べさせた。犬たちにとってはそれこそ朝メシ前なのだが。

食事をあっという間に平らげた犬たちに、

「せっかくのご馳走なんだよ、久しぶりの。もっと味わって食べたらどう?」

と、エリ子はぶつぶつ言いながら、今置いたばかりの食器を片づけた。

そのあと、食後のワンツーをさせるために、犬たちを庭に出して自由に遊ばせる。新しい庭も気に入ったようだ。隅々まで匂いを嗅ぎまわってはオシッコをしている。今日は犬たちをシャンプーしようと思っていたが、さすがにもう、その元気は残っていなかった。

エリ子は犬たちを中に入れると、風呂に入る準備をした。

「今日はお母さん一人で入るからね」

と言い、エリ子は風呂場に向かった。

犬たちは遊び足りないのか、ロープのオモチャで引っぱりっこを始めた。本気でやれば若いイーリアのほうが力はあるのだが、ベルをボスだと思っているイーリアは、適当なところでかならず口を離して負けるのだ。

風呂から出たエリ子は、パジャマに着がえるとリビングに戻った。犬たちは、自分たち専用のソファで船を漕いでいた。今日は疲れたのだろう。

エリ子は自分用のソファに座って、テレビをつけた。何年か前の洋画をやっている。チラッとワンシーンを見ただけで分かった。エリ子の大好きな、トム・ハンクス主演の映画、『フィラデルフィア』だ。「へぇー」と思いながら、ボンヤリ見ていたエリ子がつぶやいた。

「エイズで死んじゃうんだよねぇ。お母さんだったら、エイズよりガンのほうがいいかなぁ。手術できるだけ、ガンのほうが希望があるもんね」

と、エリ子の足元に来ていたベルの頭を撫でた。

電話が鳴った。ベルがムクッと顔を上げる。

「はい、相川です」

「やっと捕まった。携帯、ずっと電源切ってたろ」

涼介だ。なんだいきなり、偉そうに。

「涼ちゃんか。何？　何か用？」

エリ子はつっけんどんに言い返した。

「このあいだの検査の結果が出た。子宮に腫瘍ができてる。それで、詳しい検査をする必要があるから、一度こっちに来られないか？」

あいさつもせずに、涼介は一気にしゃべった。

「涼ちゃん、詳しい検査っていうのは、この前受けた検査がそうでしょ。組織診だってしたじゃない。組織を調べれば、良性か悪性かすぐに分かるって言ったのは涼ちゃんだよ。もう分かってるんでしょ？　どっちなの？　正直に話すって言ったでしょ。ごまかす気？」

涼介はしばらく黙っていたが、やがて重苦しい声で話し始めた。そして、話を終えた涼介は、

「本当は電話なんかじゃなくて、会ってからちゃんと話したかったんだ」

と、ポツリと言った。

「いいの。どこで聞いたって結果は同じことなんだから。手術ができる状態だってことは、まだ望みがあるってことだよね？　だからもちろん受けるよ、手術。涼ちゃんがしょんぼりしてどうすんのよ。ほらあ、元気だしてよ。涼ちゃんには私の手術でがんばってもらわなくちゃいけないんだからさ。今度会ったとき特大の骨買ってあげる！」

ガンを告知されたばかりのエリ子に励まされた涼介は、苦笑いしながらもエリ子の強さに圧倒されていた。

「わーい。コールの分も買ってね」

と、涼介もジョークを返すと、いくらか元気も出てきた。

「よし、俺もできる限りのことはするよ。いっしょにがんばろうな。なるべく早くベッドを確保するから、エリ子もそれまで無理するなよ」と、言って電話を切った。

エリ子は受話機を握ったまま、しばらくテレビの画面をボケッと見ていた。

「ガン、私がガンになったって？　なんでよ？」

実感が湧かなかった。何も考えられなかった。ただ〝どうして？〟〝何がいけなかったんだろう〟と、ボンヤリ思っただけだった。


それから一週間後、涼介からベッドが空くという連絡が入った。入院は来週の月曜日だ。まだ五日ある。でも、また犬たちと離れなければならない。

エリ子は山村に電話を入れて、入院中犬たちを預かってくれるよう頼んだ。

「ああ、分かった。心配するな。エリちゃんは早く病気を治して、元気になることだけに専念しろよ。うちの奴も心配してる。病院のほうにも行くから、何かあったらすぐ連絡しろよ」

エリ子は「ありがとう」と言い、日曜日は道路が混むから、土曜日に犬たちを連れていくと告げて電話を切った。

今日は、朝からずっと雨が降っていた。どしゃ降りではなかったが、風が強くて嫌な天気だった。ケーキを焼こうと材料を準備していたとき、涼介からの電話で中断されてしまったのだ。エリ子は再びケーキ作りを始めることにした。犬たちはソファで仲良く寝ている。こういう雨の日というのは、犬も猫も本当によく眠る。人間でも静かな雨の日は眠くなるものだ。

溶かしたバターの匂いや卵を割る音に、ベルとイーリアが反応した。寝ている場合ではないと言わんばかりに、キッチンにいるエリ子のそばに駆け寄ってきた。

「まだだよ。あとでね」

エリ子の言葉に、犬たちはつまらなそうな顔をしてまた寝てしまったが、リビングのソファに戻りはしなかった。キッチンの流し台の下で、エリ子にジャマにされながらデンと居座ってしまった。

生クリームを泡だてながら、エリ子はふと思い出した。店の常連客との会話を。

「体の特定の場所に慢性的な刺激を与え続けていると、ガンになりやすいんだってね。北野さんは脳腫瘍だね。いつも紫外線浴びてるでしょ、ハゲだから。ハハハ。私はね、乳ガンか子宮ガンだね。だっていつも酷使してるもん」

両親も祖父母もガンで亡くしているエリ子は、いつか自分もなるのではないかと、漠然と感じていたのだ。だからこそ、手段を選ばずにお金を稼ごうと思い、風俗店に飛び込んだのだが、けっこう自分に合っていると分かったときは驚いた。

エリ子の気さくで人当たりのいい性格や、どんな話題にもついていける知性、いつも何らかの勉強をして、知識を得ようとする向上心が、風俗嬢とは思えない意外性を感じさせ、お客たちはみなエリ子のファンになった。店を辞めたあとでさえ、少なくない男性たちが自分にとっていつも何らかの影響力を及ぼすエリ子と、友人として関わっていたいと願ったようだ。

　エリ子にとっては終わったこと、忘れたいことだとしても。


　翌週の月曜日、午後一時にエリ子は病院で受付けを済ませ、外科外来の待合室で名前が呼ばれるのを待っていた。曜日ごとの担当医師の名前が書いてあるパネルには、月曜と木曜に明石涼介の名前があった。

　涼介は来月の八日で三十八歳になるはずだ。何で結婚しないのかなあ、などと考えていると、エリ子の名を呼ぶ看護士の声がした。スライドドアを開け中に入ると、一番の前で待つよう言われた。扉の脇に、涼介の名札が掛かっている。中から患者と話す涼介の声が聞こえる。と、いうことは、午前中の診療がまだ終わらないらしい。

「お大事に、また来週」

　涼介の声がしたあと、五十代くらいの男性が出てきて、チラッとエリ子のほうを見た。いかにも血圧が高そうな赤黒い顔をした男は〝酒も大好きだ〟と言わんばかりに太った腹を突き出している。エリ子が何となくその男を見送っていると、涼介がドアからひょっこり顔を出した。

「エリ子、入れよ。待たせて悪いな」と言ってドアを大きく開けてくれた。

「久しぶり。今日からお世話させてあげるね。うれしいでしょ？」

　と言いながら、背もたれのない丸いイスに腰かけた。

涼介は看護士たちから冷やかしの視線を送られながらも、

「ああ。超うれしいよ。今日はこれから簡単な検査をいくつかしてもらうよ。まずは採血、採尿、レントゲンに心電図。あとは身体測定だな。身長とか体重ね。少し体重落ちたんじゃないか？　血圧も測るけど、久しぶりに俺と会って、かなり血圧は上がってるんじゃないか？」

涼介はニヤニヤしながらやり返した……つもりだったが、

「バッカみたい。涼ちゃんに会っちゃったショックで、過呼吸発作が起こりそう。ストレス性のね。それに寒ーいジョークを浴びたから、すでに私は低体温症よ」

と、エリ子に反撃をくらってしまった。そばにいた若い看護士が、同時に吹き出した。しかめっ面した涼介は、必要な検査票に何やら書き込むと、エリ子に渡して言った。

「じゃあ採血から行って。上の伝票から検査に回る順になってるから。レントゲンでは心臓がハート型に写ってたりして。へへへ」

「不整脈も出てたりして。ハハハ」

と、言いながらエリ子は診察室から出ていった。ドアが閉まる寸前、看護士たちにゲラゲラ笑われている涼介の顔がチラッと見えた。

〝口で私に勝とうなんて、百万年早いのよ〟

エリ子はそう思いながら検査室に向かったのだった。


その日、すべての検査が終わって病室に入れたのは、五時を過ぎてからだった。月曜日の病院というのはやたらと混むらしい。

やっとパジャマに着がえることができたエリ子は、ボストンバッグを開け、入院中に使うものを取り出して、クローゼットやテーブルの引き出しにしまった。そして手さげバッグの中から、布にくるまれたものを取り出した。その布を外す。それは写真だった。エリ子と犬たちが、湖のほとりに座って笑っている写真で、つい四日前に近くにある湖で、観光客に頼んで写してもらったものだ。

うれしそうな犬たちの顔を見つめながら、エリ子は土曜日のことを思い出していた。犬はしゃぎで車に飛び乗り、訓練所に着いたのはいいのだが、エリ子が一人で帰るときはいつも鳴かれてしまう。トレーナーを振り切り、フェンスを越えようとしてまでエリ子のあとを追う。だからエリ子はいつも、犬たちがトレーナーに遊んでもらっている隙に帰るようにするのだが、ベルとイーリアは常にエリ子を視野に入れているようで、こっそり帰ろうとしてもすぐに気づかれてしまう。

〝置いていかないでくれ〟と言うように、「クンクン」鳴く寂しそうな声に胸が痛む。

犬たちのことをあれこれ考えていると、ドアをノックする音が聞こえた。「どうぞ」と言う間もなく、四十代半ばくらいのナースが入ってきた。

「こんにちは。私、婦長の井出といいます。明石先生から、あなたのことをよろしく頼みますって、頭まで下げられちゃったのよ。大切な人だからって」

エリ子は赤くなってしまった。〝あいつ、何てずうずうしい〟笑ってごまかすしかなかった。

「すばらしい先生よ、明石先生は。腕がいいのはもちろんだけど、患者さんの立場になって、真剣に医療に取り組んでいるのよ。ナースたちにもやさしいしね。外科では一番人気なのよ。第一本命、オススメだわ」

井出婦長は、まるで競馬場にいる予想屋みたいなことを言った。エリ子は愛想笑いしながら、

「そうなんですか。意外ですねぇ」

それから三十分の間、家族のこととか、仕事のこと、病歴などを聞かれたのだが、三十分もかかってしまったのは、質問の合間に涼介の神業のようなオペの技術の話や、患者さんの味方になって、指導医に逆らったこと、あげくは婦長の生い立ちまで聞かされていたからだ。他の患者ともこんなにしゃべるのだろうか。よくほっぺたが疲れないなぁと、変なことに感心してしまった。

「もうすぐお食事よ。しっかり食べてね、大事な体なんだから、明石先生の。じゃ、私はいろいろ忙しいからこれでね」

〝どこが忙しいんだ?〟と、内心思いながらも、世の中怖いものなしの婦長の背中を見送った。


入院して三日目、手術の日が決まった。来週の水曜日だ。この病院では、婦人科の外科手術は水曜に行われることが多いらしい。

午前中の診療を終えた涼介が、エリ子の病室でコンビニの弁当を食べている。

「涼ちゃんて、そんなにガツガツ食べたっけ? 犬みたいだよ。って言ったら犬に失礼だね。うちの犬たちのほうが、もうちょっと品良く食べるもんね」

エリ子があきれたような顔で言った。

「食べられるときにしっかり食べておかないと、今度いつ、メシにありつけるか分からないんだ。

勤務中はいつもこうだよ。でも研修医のときはもっとひどかったなあ。トイレに行くふりして、トイレの中でパン食ったこともあったよ。とにかくこき使われたからさ」

と、言ってるうちに弁当を食べ終え、お茶をガブガブ飲んだ。

「あー生き返った。なあエリ子。聞いておきたいことがあるんだ。医者としてじゃなくて、友人として。あのさ……その、たとえばさ、手術してみたら手遅れだったとか、予後がものすごく悪いとか、そういった最悪の状態だったとき、エリ子はどうしたい？　はっきり言ってほしいか？　それとも知らずにいたい？」

涼介が言いにくそうに言った。

「もちろん知りたいよ。たとえあと三カ月の命だとしても、正直に話してほしい。長生きできないなら、それなりに準備しておきたいこともあるし、あとのことを誰かに頼まないといけないしね。それにベルとイーリアのことだってあるでしょ。私はね、あの子たちさえ幸せな生活ができれば、それで充分だと思ってる。たとえ私に万一のことがあっても、そのあとあの子たちの面倒をちゃんと見てくれる信頼できる人がいれば、私は安心できるの。だから涼ちゃん、嘘はつかないでよ。嘘ついたらね、私が死んだあと化けて出てやるからね。それでね、涼ちゃんがもう死んだほうがマシだと思うくらい、取り憑いて祟ってやるからね」

と、エリ子は宣言した。涼介は苦笑しながら、

「分かったよ。嘘はつかない。絶対に。治療についても、ちゃんとエリ子に説明して、エリ子の意志に添うように進めるよ」

と、涼介は約束した。

「インフォームド・コンセントってやつね」

エリ子が満足そうにうなずいた。

「そう。日本の病院ではあまり実践しているところは少ないけどね。俺はね、医療っていうものは、患者があってこそ成り立ってると思うんだ。俺たち医者は、患者から学ばせてもらってるんだと思う。だからこそ、患者が主体となった医療を目指したいんだ。現状はさ、医者とナースのみが主体で、患者とその家族は脇役みたいになってるんだ」

「そうだよね、私の両親が病院で死んだとき思った。最期の臨終の場だっていうのに、医者たちに病室から追い出されたの。いろいろ処置してたのかもしれないけど、病室に入らせてもらえたときはもう死んでた。お別れもできなかったよ。最期の瞬間、手くらい握っててあげたかったのに。見ず知らずの医者やナースたちに囲まれて息を引き取ったわけだよね。あれこそ医者とナース主体の医療だと思うよ。だからさ、涼ちゃんは冷たい医者にはならないでね。最期の瞬間は、家族に看取らせてあげるような、患者さんの魂を尊重する医者になってね」

エリ子は少し、つらそうな顔をして言った。

「ああ、かならずね。おっとポケベルだ。ちきしょう、ジャマしやがって。じゃあ仕事に戻るよ。またあとで来るから」

涼介はポケベルの番号を確認すると、スイッチを切って言った。

「しっかりね。大先生」

エリ子が言うと、涼介はニヤッと笑い、無理に腹を突き出すようにして、偉そうな態度で病室から出ていった。エリ子のベッドのまわりには、涼介のアフターシェーブローションの残り香が漂っていた。

手術前夜、うれしい出来事があった。鎌倉から山村夫妻が面会に来てくれたのだが、ベルとイーリアを連れてきているというのだ。病院の外で待っているという。

夜間、病院の玄関は閉められているため、エリ子たちは裏手にある夜間用出入口から外へ出た。バス乗り場のところに置かれているベンチに、トレーナーの女の子と向かい合って座り、お手やおかわりなどをして遊んでいるベルとイーリアがいた。エリ子に気づいた犬たちは、我先にとエリ子に駆け寄り、飛びついた。

「所長、ありがとう。会いたかったんだ。よーしよし。お母さん、明日がんばるからね。お互い寂しいけどがまんしようね。早く治してお迎えにいくから。それまでいい子にしててね。分かった？ハーイは？」

犬たちは片足を上げると、エリ子の膝にちょこんと置いた。これが返事なのだ。

「いい子だね。所長、有子さん、ありがとう。もうしばらくこの子たちを頼みます」

エリ子は頭を下げて言った。

「心配するな。それより、明日はリラックスしていけよ。涼介が手術するんだから、安心して任せておけば大丈夫だ。かならず治してくれるさ。なにせ、鎌倉が生んだ名医だからな」

と、山村が請け合った。

トレーナーの女の子が、調子に乗って言った。

「歌って踊れる名医ですか？　ハハハ」

「いや、あいつはオンチだ。それに運動神経もゼロのウンチだ。絶対踊れない」

ジョークの分からない山村は、真面目な顔で言った。エリ子とトレーナーの女の子は、はじかれたように笑い出した。ベルとイーリアもうれしそうにシッポを振り、エリ子の笑い声を聞いていた。


手術後、三日がたった。幸いエリ子に転移はなく、目に見えるガン細胞、そして子宮と卵巣をすべて摘出することができた。子供は産めない体になったが、エリ子はもともと子供をつくる気はなかったので、ショックを感じるということもなかった。

しかし、骨盤リンパ節郭清術を施したため、骨盤神経は切断せざるを得なかった。このため、排尿障害や直腸のマヒによる排便障害は避けられない。そのことは、術後目覚めたときに、涼介がきちんと説明してくれた。大きな手術に後遺症はつきものだ。転移がなかっただけでもありがたいと思わなければ。

この三日間、ものすごい激痛に襲われて、夜もろくに眠れなかったが、エリ子は一度も鎮痛剤を使わなかった。傷の治りが遅くなるからだ。

エリ子は過去に二度の手術経験がある。卵巣腫瘍の手術と、腸閉塞の手術だ。その経験から、術後どんなに痛くても、薬に頼らずなるべく体を動かすほうがいいと知った。歩くのは無理でも、べッドの上で左右に寝返りをうつとか、手すりにつかまりながらでも、ベッドの上に起き上がるとか、そういった日常的な動作がリハビリになるのだ。

三日たった今、痛みも眠れないほどではなくなったし、今夜から流動食が出るとのことだ。順調にいけば、一週間後には退院できるだろうという涼介の見解だったが、エリ子は異議を申し立てた。

「それじゃあ長いよ！　ものすごく順調にいかせるから一週間で出して」

「ダメだよ。一週間後には検査を予定してるんだから」

涼介は言ったが、エリ子の恐しい形相を見ると、あわてて言い直した。

「じゃあこうしよう。一週間後の検査は、結果が出るのに二日かかる。その結果が良ければ退院を許可するよ。だからあと十日だ。これでいかがですか？　お代官様」

「うむ、苦しゅうない。よきに計らえ」

エリ子がようやく納得したように、笑顔で答えた。そばにいた井出婦長が涼介に言った。

「惚れた弱みですか？　先生」

「ああ、そうだよ。悪い？」

涼介はニコニコと笑った。それを聞いたエリ子と井出婦長も顔を見合わせ、ニコニコと笑い合ったのだった。


一カ月後、エリ子は敷地に建てるドッグ・カフェの建築を施工する業者と、打ち合わせをしていた。日曜大工の真似ごとが好きなエリ子は、自分も参加したいと申し出た。業者は、簡単な作業ならぜひやってみてくださいと、快く承知してくれた。

そこでエリ子は、犬たちを庭で遊ばせながら、厨房のタイル貼りや、床に敷くビニールクロスの貼り付けなどを手伝った。

フローリングでは犬が足を滑らせてしまってケガをする原因になるから、ビニールクロスやコルクタイルのほうがいいのだ。おまけに拭き掃除が楽だし、何より安い。淡いオレンジ色のクロスで、小さなグリーンの葉が散りばめられるように描かれている。

壁紙はグリーンで、床から一メートルまでの部分には白い板を貼り付けた。爪で剥ぎ取られないためだ。テーブル席は五セット。そしてカウンターにはイスを六席。お客さんは犬連れで来るのだから、席はなるべく離して、ゆとりを持たせたほうがいいのだ。

綿密な打ち合わせをしながら、順調に作業は進んでゆく。エリ子は今、毎日が楽しくてしかたなかった。作業員たちもみな気さくで、修理や補修のやり方などをエリ子に親切に教えてくれた。愛犬家の作業員もいて、二度ほど自分の犬を連れてきて、庭でベルたちといっしょに遊ばせたりした。

そしてついにカフェが完成した日、一番最後に残った仕事は、店の看板を掛けることだった。

〝ペットカフェ・ＷＩＴＨ〟

ペットといっしょという、そのままの意味だ。エリ子は感無量で看板を見上げた。作業員たちからも拍手が沸き起こった。予定していた七月のオープンには間に合わなかったが、八月十日、ようやくエリ子の夢は実現した。エリ子は何度も「ありがとう」と言い、一人ひとりと握手した。

作業員たちは、オープンしたらぜひ食べにくるよと言い、何か不備なことや不具合なことがあれば、すぐ連絡してくれと言って帰っていった。

疲れた。だが、何と心地いい疲れだろう。エリ子は明日一日だけは、何もしないで過ごすことにした。ここのところ、犬たちともあまり遊んでやれなかった。一日くらいのんびりしよう。明後日からはまた忙しい。営業を始めるにあたって、いろいろと手続きもあるし、家具などもまだ入っていないのだ。だが、あせる必要はない。ゆっくりではあっても確実に前進しているのだから。今はただ、一日中犬たちとゴロゴロ過ごすことしか考えていなかった。

その日の夜、涼介から電話があった。カフェの工事がすべて完了したこと、オープンの日が待ち遠しいことなどを生き生きと話すエリ子に涼介が釘を刺した。

「あせって無理するなよ。何といっても病みあがりなんだから。それに来週は検診があるってこと、忘れてないだろうな」

「うん。忘れてないよ。木曜日でしょ。ちゃんと行くってば」

「わざわざこっちに出てくるのも、あと一回だけだよ。来月から俺さ、静岡市内の病院に転勤になるんだ。だからエリ子も、今後は静岡の病院に通ってほしいんだ。そのほうが楽だろ。平塚までじゃあ二時間以上かかっちまうんだから」

「へえ、そうなんだ。私はどこの病院でもかまわないけど。じゃあ、涼ちゃんも当然こっちに住むんでしょ？　どこに？」

「病院の寮だよ。時間のあるときは、エリ子の店で何か食わせてもらうよ」

涼介の声は、いつもより楽しそうだった。

今度行く病院は、涼介にとって理想的な病院だった。そこでの彼の仕事は、看取りの医療を行うことにあった。ホスピスを併設しているその病院は、患者の希望する医療を行う。医者はただ、患者が人間らしく最期を迎えるために、少しばかりの手伝いをするという感じだ。

終末期医療を行うホスピスに入るには、患者本人がガン告知されていることが前提だ。患者自身が自分の病名も知らないのでは、患者主体の医療はできないからだ。

涼介は、万一エリ子に何かあったとしても、普通の病院では死なせたくなかった。ホスピスのように最後まで自分らしく生き、尊厳ある死を迎えさせてくれる病院で看取ってやりたかったのだ。

エリ子の手術は成功したとはいえ、五年生存率は五十パーセントに満たないのだ。

しばらく二人はおしゃべりをしたあと、おやすみを言い電話を切った。

エリ子は心から喜んでいた。涼介にとってやりがいのある病院で、理念を貫くことのできる医療が行えるのだ。ホスピスがあるということは少し心に引っかかったが、今は余計なことは考えず、涼介にエールを送りたい気持ちだった。

九月最後の日曜日、午後十二時から〝ペットカフェ・WITH〟のオープン記念パーティが開かれた。

朝から友人たちが手伝いにきてくれていた。エリ子も昨日から、料理の仕込みを進めたり、デザートの準備をしていた。山村夫妻も到着して、エリ子の手伝いをしてくれている。

涼介も、山村が連れてきてくれた自分の犬、コールと久しぶりに会えて、楽しそうに庭で遊んでいる。もちろん、ベルとイーリアもいっしょだ。コールとイーリアはとても仲が良い。お似合いのカップルという感じだ。来年、コールは警察犬を引退する。エリ子と涼介は、二匹を結婚させて、イーリアに赤ちゃんを産ませてあげようと相談していた。優秀な犬たちの子供だ。さぞかしいい子が生まれるだろう。

山村が缶ビールを片手に、庭に入ってきて言った。

「久しぶりにベルとイーリアに会ったよ。相変わらずよく手入れしてるなぁ。この毛艶を見ろよ。それに顔の表情。いい顔してるだろう。犬ってのはな、愛されれば愛されるほど全身でそれに応えるんだ。毛艶にしても表情にしても、すべてが美しくなる。それはな、人間みたいに不純なものが、これっぽっちもないからなんだ。どこまでも純粋で崇高だ」

山村は、シッポを振って再会を喜ぶベルとイーリアの頭を、ポンポンとたたいて再び口を開いた。

「できることなら、エリちゃんより先にこいつらを逝かせてやりたいよ。こいつら、エリちゃんを亡くしたら、どうにかなっちまいそうだからな。あまりにも主人に忠実すぎるからなあ。それこそ、お母さんにベッタリって感じだな」

涼介も同感、というようにうなずいて言った。

「俺に言ったことがあるよ、エリ子のやつ。『この子たちを看取ったあと、一分後には自分も死んでいたい』って」

「俺はな、涼介、こいつらも同じ気持ちなんじゃないかと思うよ。エリちゃんが死んだら、自分たちも一分後にはあとを追ってそばに行きたいってさ」

山村と涼介の会話は、そこで途切れたが、思っていることは分かり合えた。犬というのは、何てすばらしく、何と気高いものだろう。犬たちとここまで固い絆で結ばれているエリ子が、二人の男には少しうらやましくもあった。

パーティが始まってから四時間たつが、誰も帰った者はいなかった。みんな気のおけない友人たちで、中には二年ぶりに会った同級生もいた。大いに飲み、かつ食べ、料理の皿も次第に減ってきた頃、外はもうオレンジ色の陽光が、紫色に変わりつつあった。

「もうこんな時間なの？　エリ子疲れたんじゃない？　あと片づけは私たちでやるから、エリ子は休んでなよ」

と、高校時代からの友人、青沼由加里が言った。学生時代はかなりツッパっていたのだが、今は結婚して二児の母親だ。上の女の子はたしか、今年小学校に上がったはずだ。

由加里の一言で、みんなが口々に、そろそろ失礼しようと言い出した。

「私のことなら大丈夫だよ。それより、みんなお酒飲んでて平気なの？　車で来たんでしょ？」

エリ子は心配して聞いたが、

「平気平気。私飲んでないし、美幸も飲んでないよ。ね？」

由加里の問いかけに、やはり高校時代の友人であった美幸もうなずいた。

「大丈夫。私と由加里で運転するから、エリ子はそんなこと心配するなって」

「さあ、じゃあ片づけるよ。私、洗いもの担当するから食器を流しに運んで。あとゴミをまとめてね。あっ、ちゃんと分別してよ」

学生時代を思い出す。やはりいつも、由加里が場を仕切ってリーダーシップを取っていたっけ。由加里はてきぱきと指示を出すだけでなく、一番面倒な仕事はかならず自分が引き受けるのだ。だからこそ、みんな由加里を信頼して従うのだ。

あっという間に片づけを終え、由加里たちが帰ったのは七時近かった。山村夫妻と涼介は、今夜はエリ子の家に泊まっていくことになっていた。エリ子は、みんなで温泉に入りにいこうと提案した。

近くのドライブインの中に、露天風呂付きの温泉施設があるのだ。しかも、一人三百円で入れる。タオルだけはむこうにはないので、エリ子は山村夫妻と涼介に、大小のタオルを手渡した。

日曜日ということもあり多少混んでいたが、窮屈ということはない。ぬるめの単純泉だが、いいお湯で温まる。有子は、まだ手術の傷跡が生々しく残るエリ子の腹部を見て、言葉に詰まってしまった。エリ子は有子の様子に気づくと、やわらかい口調で言った。

「今はさ、抜糸の跡まで残っちゃってるから無惨に見えるけど、一年もすれば糸の跡は消えちゃうし、二年すれば傷跡だってね、ほら、こういう風に一本の線みたいになっちゃうんだよ。涼介は切った貼ったがうまいから、きれいになると思うよ。別にきたなくたっていいんだけど。いつも腹出して歩くわけじゃないんだしさ」

エリ子は、昔受けた手術の跡を見せながら有子に言った。

「へえ。きれいなもんね。私の盲腸の跡見てよ。グチャグチャでしょ。昔だったからねぇ。今みたいに医療技術が進んでなかったのね。だって今は、盲腸の手術しても四、五日で退院だっていうじゃない？　私のときは一カ月も入院してたのよ。くやしいわあ。お金払いすぎちゃったわよ」

有子らしいグチを聞いて、エリ子は安心した。

その夜、エリ子と涼介はリビングで、ホットワインを飲みながら遅くまでおしゃべりをしていた。

「ねぇ涼ちゃん。私、再発する可能性はどれくらいあると思う？　もし再発したら、どんな治療をするの？」

エリ子が聞いた。涼介は少し考えてから言った。

「そうだな。正直に言うと、可能性は高いと思うんだ。問題は、どこに再発するかだな。どこにできても、手術さえ可能なら望みはあるよ。でも、外科医にとって一番くやしいのは、開けてみたら手の施しようがなくて、何もせずにそのまま閉じることなんだ。打ちのめされた気分になるし、無力感に襲われる。だからエリ子、定期検診だけはサボるなよ。早く発見できれば、それだけ治療成績もよくなるんだから」

涼介は懇願するように言った。

「うん。分かってるよ。だってベルとイーリアがいるんだもん。でも、もしも再発して、治る見込みがなくなったとしたら、そのときは余計な延命措置はしないでほしいの。涼ちゃんの病院にあるホスピスに行くのもいいけど、なるべくこの家にいたいの。この家で死にたいんだ。このことだけは覚えておいてね」

エリ子は、足元で眠るベルとイーリアを交互に撫でながら言った。

「もちろんだよ。俺だってエリ子を病室のベッドでなんか死なせたくないよ。でも、今そんな暗いこと考えるのはよそう。起こってもいない状況のことをあれこれ考えたって無意味だぞ。時間の無駄ってもんだ。そうだろ?」

涼介がエリ子の肩をたたいて言う。

「うん。そうだね。それよりさ、十二月の大会に出すの? コールを」

「ああ、それで引退させようと思う。イーリアは?」

涼介が聞き返すと、エリ子もうなずいて言う。

「うん。今年を最後にしてあげるつもり。そのあとは、花嫁修業かな? ねえ、何匹くらい生まれると思う? イーちゃんは小柄だからね、四、五匹ってとこかなあ。イーちゃんに似てくれればなあ。可愛くて、お利口さんの子になるね」

「何だよそれ。コールに似てちゃ悪いっていうのか? お言葉ですけどね、コールのほうがイーリアより優秀だよ。賞だって三つ多いんだからな。顔だって美形だろ? 俺に似てくれちゃったからさあ」

涼介はコールの脇腹を撫でながら、勝ちほこったような笑顔で言った。

「何言ってんのよ、エラソーに。今年の春さあ、山村訓練所の嘱託警察犬で、審査に落ちちゃったシェパードがいたよねえ? たしか他の子は合格したのに、その子だけ落ちちゃったんだって。ミジメだと思わない? どこだかの医者の犬だってさ。涼ちゃん知ってる?」

エリ子もまた、勝ちほこったような笑顔で言った。涼介は眉毛の横をピクピクさせながら、何も言えなかった。

そのあと二人は、いかに〝うちの子〟がすばらしいかを延々と言い合った。

「結論を言えばさ、犬はみーんなすばらしいってことよ。ね？」

「そういうことだな」

エリ子はしばらく黙っていたが、口を開くと唐突に言った。

「私、死なないからね」

「えっ？　どうしたの？」

涼介はビックリして聞いた。

「死なないよ。死にたくないもん。いつもこの子たちに言って聞かせてるの。いつもいっしょにいようねって。ずっといっしょにいようねって、この子たちに約束したの」

エリ子の目から、涙があふれた。涼介はエリ子の隣に座ると、肩を震わすエリ子を思いきり抱きしめた。

自分が病気で死ぬのはどうってことはない。しかし、エリ子にはベルとイーリアがいる。この子たちを残して逝くことを考えただけで、ものすごい恐怖がつま先から這い上がってくるようだ。

足元で安心しきった様子で眠る犬たちを見つめながら、涼介はこの子たちの瞳を悲しみで曇らせたくはない、死んだエリ子を待ち続けるようなむなしい生活を送ってもらいたくはないと、心底そう思うのだった。

ほおに当たる涼介の唇は温かかった。エリ子は涼介の顔を両手ではさむと、その唇に自分の唇を押しつけた。涼介もそれに応えるように、なおいっそう強く抱きしめた。エリ子がポツンと言った。

「ありがとう」

翌日からの仕事は、まあまあ順調だった。どっとお客が入ってくるわけではなかったが、チラシなどを見たお客やドライブ中にフラッと立ち寄ってくれたお客などが、お茶を飲んだり、食事をしたり、あるいは庭で、自分の愛犬をベルたちといっしょに遊ばせたりした。

愛犬家たちにはとても好評で、犬のことを思いやって造られていて、それでいて人間にとっても居心地のいい、落ちついた店だと言ってもらえた。

何よりも、ベルとイーリアがメニューを口にくわえて持っていったり、おしぼりを入れたカゴをくわえて運んだりしてくれるので、お客たちはみな一様に喜んだ。

やはり犬連れで来るお客が多く、ベルやイーリアとすぐに仲良くなる犬もいれば、歯を剥き出して威嚇してくる犬もいたが、ベルとイーリアは、そういったうるさい輩はまったく相手にしない。大型犬というのは、自分が大きくて強いということを理解しているため、少々吠えられようが威嚇されようが、まったく動じないのだ。

ベルとイーリアは、よほどのことがない限り吠えない。たとえ吠えても一、二回だ。うるさく吠えるのは負け犬の遠吠えのようなものなのだ。また、犬に対してうるさく言う飼い主も、犬から見れば負け犬が唸っているようにしか映らないのだ。

今日は、一般客に入店してもらった初日なので、手作りの犬用クッキーをプレゼントした。小麦粉と無塩バターとハチミツ。それに、にぼしを粉末にしたものを混ぜて焼いたのだが、人間が食べてもけっこうおいしい。

誕生日を迎えた犬には手作りのケーキをプレゼントして、そこに集まったお客たちでお祝いすることにしている。この場合、予約しておいてもらわないといけないのだが、さっそく今日、二週間後に二歳になる、ビーグル犬のバースデーを予約して帰ったお客がいた。

初日だったが、リラックスして楽しく仕事ができたことに、エリ子は心からホッとし、また感謝した。そして、犬を我が子のように、大切にしている人たちを見るだけで、幸せな気持ちになれるのだった。

二　最後の約束

十二月に入ると、朝晩の気温が零度になる日もあった。窓から見える富士山も、すっかり雪化粧してそびえ立っている。今日は木曜日で、店は定休日だ。木曜を定休日にしたのは、エリ子の検診日が木曜日だからだ。だが毎週行くわけではない、月に一度だ。先週病院だったから、今日はゆっくり休める。朝から熱いお風呂に浸かった。

「そうだ、あの子たちをシャンプーしてやろう」

エリ子はバスルームから大声で犬たちを呼んだ。ドタドタ走ってきた犬たちは、お風呂場のガラス戸をカリカリ引っかいた。中に入れ、ベルからシャンプーする。エリ子のところではベルが何でも先なのだ。シャンプーもごはんも、呼びかけるときも。ベルはイーリアのリーダーだからだ。イーリアには子犬のときからそうして教えてきたのだ。ベルはイーリアよりも上なのだということを。

こうした決まりごとをきちんと守らないと、犬は自分がリーダーになろうとしてしまう。とくにイーリアはまだ若いし頭もいいため、ときどきエリ子を試すようなことをする。エリ子よりも先に部屋から出ようとしたり、エリ子専用のソファに座ろうとしたり、命令の意味が分かっているのに、分からないフリをしたりする。

そういうときエリ子は、何も言わずにイーリアを押し倒し、仰向けにして顎を押さえつける。ときには鼻にかみついてやることさえある。これはすべて、母犬が子犬をしつけたり、リーダー犬が下の犬に対して行うしつけ方だ。

叱ったあとは、半日くらいは無視する。散歩も食事も普通に行ってやるが、一切言葉をかけず、目も合わせない。愛情を遮断するのだ。

するとイーリアは不安になる。無視されるということは、犬にとっては怒鳴られることよりもショックなことだからだ。イーリアは、一生懸命エリ子に取り入ろうとし、ごきげんを取るために媚びを売る。この媚びるという行為は、すでに自分が下であると認めたということになるのだ。

エリ子は無表情を装っているが、内心ではそんなイーリアの様子が可愛いくてしかたないのだ。

二匹のシャンプーを終え、リビングに戻してやってから、風呂の掃除を済ませた。大型犬二匹のシャンプーは、けっこう腰にきて疲れる。

洗濯を始めたエリ子は、犬がバスタオルを持っていってしまったことに気づいて、大声で叫んだ。

「タオル持ってこーい！　タオルー！」

再びドタドタと駆けてくる足音がした。エリ子が振り向くと、ベルとイーリアが、タオルの両端をそれぞれしっかりとくわえて立っていた。何とも得意そうな顔をして。

明日からイーリアは訓練所に入る。月末に行われる競技会に出場するために、訓練の仕上げをするのだ。明日から二日間の休みの取れた涼介が、鎌倉まで送っていってくれることになっていた。

「イーちゃん、これが最後だからね。無理しなくていいから、楽しんでくればいいよ」

エリ子はイーリアを抱きしめると、フワフワになった頭のてっぺんにキスをした。

十二月二十五日。東京、多摩川の河川敷には、百頭以上もの犬が集まっていた。さすがに高等訓練の入った犬たちだけに、無駄吠えは一切しない。

イーリアは、この訓練ジーガー競技会で、追求と服従、防衛にエントリーしている。ゼッケン番号は七十八番。そしてコールもまた、同じ課目に四十六番でエントリーしていた。

今イーリアは、指導手のそばにぴったりとついて座っている。何やら会話をしているように見える。指導手がイーリアの胸を撫でながら、目をのぞき込むようにして話しかけているのだ。とにかく今は、指導手を信頼し、そして忠実に命令に従わなければならない。

エリ子は離れたところから、イーリアたちの様子をじっと見守っていた。イーリアはエリ子が来ていることに気づいていない。競技が終わるまでは、そばには行かない。イーリアの気が、エリ子に向かってしまうからだ。

コールの組がスタート位置についた。涼介はくるっとうしろを向いてしまった。怖くて見ていられないのだ。エリ子はおもしろがって、嘘の実況中継を始めた。

「おーっと、コール出遅れてしまいましたねえ。何と足の遅い犬でしょう。それでも何とか追求の真似ごとをしているようですが、物品がどれだか分からないようです。あっ、何なんですか、あれは。牝犬のおしりを追求し始めてしまいました。脳に異状があるようですね。いったい何しにきたのでしょうか、理解に苦しみます」

などと言ってからかっているうちに、コールの競技が始まった。すばらしい出来だった。涼介はうしろを向いたまま見ようとしないのが残念だった。

とはいっても、エリ子も実はそうなのだ。競技をしている間は、ずっとうしろを向いているか、どこか別の場所に行って、競技が終わるのを待つ。そしてあとで録画しておいたビデオを観るのだった。

コールの競技が終わり、エリ子が涼介にビデオを再生して観るかと聞くと、

「今はいい。成績発表してからで」

と、疲れたような声で言った。

「イーリアの出番は午後からだから、車に戻ってお昼にしようよ。外でもいいけど寒いから」

エリ子が言うと、涼介も重い腰を上げた。

「そうだな。むこうのテントに行くと、イーリアが興奮するだろうしな。ベルはあのままでいいのか」

ベルは山村訓練所御一行様用のテントで、ちゃっかりくつろいでいるのだ。

「いいよ。友達がたくさんいて喜んでるでしょ」

エリ子と涼介は車に乗り込むと、エリ子の作ったお弁当を食べ始めた。

「うまい。相変わらずエリ子の卵焼きはうまいよなあ」

涼介は満足そうな顔で言った。二人とも朝食を抜いてきてしまったので、あっという間にお弁当を平らげてしまった。

「うーん、もっと食べたいな」

「俺も。あとでハンバーガーでも買おうよ。それとも俺を食う？　うまいぞ」

と、涼介がニヤッと笑った。

「冗談は顔だけにしてよ」

エリ子はタバコを吸いながら、冷たく言い放った。涼介は口を尖らせ、しかめっ面をした。

イーリアの番が近づいてくると、エリ子はそわそわし始めた。モジモジと落ちつきのないエリ子に涼介が言った。

「トイレにでも行きたいのか？　ガマンすると膀胱炎になるぞ」

「ねえ、そろそろむこうに行こうよ。車の中でじっとしてると、何か落ちつかないの」

エリ子がそう言うので、二人は車から降りると、会場のほうへ歩いていった。

テントにはイーリアの姿はなかった。すでにスタンバイに入ったようだ。コールが涼介に気づき、駆け寄ってきた。

「コール、がんばったな。お疲れさん。いい子だったぞ」

涼介がコールの頭をくしゃくしゃと撫でた。

「コール。お父さんはね、コールの競技なんか見てなかったんだよ。私のこと口説いてたんだから」

エリ子が口をはさんだ。

「ちゃんと見てたか？　コールはかなりいい線いくぞ。これで引退なんてもったいないくらいだ」

山村が言った。涼介が何か言おうとしたが、「あっ、イーリア出てきたよ」とエリ子が言ったので、みんながいっせいにスタート位置に目を向けた。

イーリアは指導手と一緒にスタンバイしている。しっかりと前方を見据えたイーリアの姿は、実に堂々としている。

「やっぱ、私のイーリアはひと味違うんだなあ」

と、しみじみ言ったエリ子だが、競技開始の合図とともに、くるりとうしろを向いてしまった。

「実況中継してやろうか?」

涼介がいじわるく聞いた。エリ子は涼介をにらみつけると、

「私、喉が渇いたから何か飲んでくる」

と、駆け出していってしまった。のちにエリ子は、この日の競技をしっかり見ておけばよかったと、悔やむこととなった。

表彰式でイーリアの名前が呼ばれたとき、エリ子は自分の耳を疑った。まさか、そんなはずは。だが、たしかにイーリアは指導手に誘導されて、一番の台の上に乗ってポーズをとっている。得点合計二九一点。ダントツの一位だ。そして、コールは三席を獲得した。

エリ子は人目もはばからず、イーリアにしがみついてワンワン泣いた。ベルとイーリアは、心配そうにエリ子の顔をのぞき込み、なぐさめようと顔を舐めた。エリ子が涙をこぼしながらも笑顔になると、犬たちはうれしそうにまた顔を舐める。するとエリ子は、また泣き出してしまうのだった。エリ子の隣では、涼介がコールに抱きついて泣いていた。エリ子も涼介も、まだビデオは観ていない。

二人にとって今日のことは、一生忘れられない思い出になった。引退と引きかえに得たものは、

すばらしい栄冠だった。

「来年、コールとイーリアの子供が生まれたら、子犬たちに立派な肩書きを付けてやれるな」

山村が言った。そうだ。来年にはコールとイーリアの子供が生まれるのだ。

みんなの顔が、コールとイーリアに向いた。じろじろと見つめられたコールとイーリアは、少したじろいだ様子で首を傾げた。その表情の愛らしさに、みんながいっせいに笑った。

そのとき、つと寄ってきて声をかけてきた男がいた。

「あのう、ちらっと聞こえたんですが、来年この子たちの子供を取るんですか？　産まれたら私に譲っていただけないでしょうか？」

山村軍団は、パッと振り向くと声をそろえて言った。

「ダメ！」


大晦日、エリ子は朝から家事に追われていた。大掃除である。だいたいのところは終わっているのだが、まだ細々としたところが残っていた。

買い出しは昨日のうちに済ませてしまったので、今日はもう出かける用事もない。掃除は何とか午前中に終えることができた。お昼を食べたら、午後から料理を作る。料理といってもエリ子一人だけだから、たいしたものを作る必要はないが、それでもやはりお正月なのだ。少しはごちそうを並べたい。

今までは元旦から仕事をしていたので、のんびり過ごせる正月は初めてなのだ。

エリ子は、ベルとイーリア用のおせちも作るつもりだった。自分用の料理を作るよりも、犬たちのごちそうを作るほうが楽しいし、作りがいがある。

ベルとイーリアは、出されたものは何でもおいしそうに食べてくれるし、今までほんのかけらでも残したことはないのだ。明日、おせちの入ったお重を見て、犬たちがどんな顔をするか楽しみだった。

お正月をのんびり過ごせるエリ子にひきかえ、哀れな涼介は年末年始も仕事だという。

「かわいそうにね。お母さん、昔はお正月なんか休みたいって思ったことなかったけど、最近はさ、お正月はゆっくりしたいって思うようになっちゃった。年なのかなあ。どう思う?」

エリ子は料理をしながら、犬たちに話しかけた。犬たちはエリ子の足元に行儀よくお座りをして、何かかけらでもくれないかと、舌舐めずりしてじっとエリ子を見つめている。根負けしたエリ子は、卵焼きの切れ端を食べさせてやった。

料理をお重に並べると、あまりの出来栄えにカメラを持ち出してきて写してしまった。もちろん、犬用のおせち料理をだ。ついでに犬たちの前にお重を置き、マテをさせて写したが、ベルとイーリアの目は料理に釘づけで、下を向いている写真しか撮れなかった。かわいそうなので、そのあと鶏のササミを少し分け与えてあげた。

明けて元旦、静かに昇ってゆく朝日を犬たちと眺めながら、エリ子は言った。

「ベル、イーリア。今年もみんなで元気に暮らそうね。幸せな年にしようね」

エリ子は、イーリアが早く発情期に入らないかなあと、それればかり考えていた。

今年は良い年になるのではないかと、このときのエリ子は信じていたのだった。


正月休みも終わって店の営業を始めた頃、エリ子は突然吐き気に襲われた。

「お正月に、食っちゃ寝してたから胃が疲れたんだろうな」

心配そうな顔をして見つめるアルバイトの店員、京子を安心させるようにエリ子は言った。

「病院行ってきたらどうですか？　お店は私がちゃんとみてますから」

京子は心配性で、気になり出したら止まらないのだ。

彼女は、オープン当時から働いてくれている。子供はまだいないが、れっきとした人妻なのだ。二十四歳ということだが、女子高生といっても通用するほど幼い顔をしている。実際、子供っぽいところはあったが、仕事の飲み込みが早く、明るくて素直だ。

京子の旦那さんもまた二十六歳なのだが、二十歳そこそこにしか見えない。二人がいっしょにいると、エリ子はいつも昔の洋画『小さな恋のメロディ』を思い出してしまう。

きっとこの二人を子供に戻したら、あの映画の日本版を観ているような感じになるだろうと、エリ子は温かい気持ちで見守っていた。

「大丈夫。胃の調子が悪くなるのは昔からなんだ。疲れたり、風邪をひいたりすると、すぐおなかにくるタチだから」

なおも心配顔の京子に、エリ子は軽い調子で言った。たしかに具合が悪くてどうしようもないというわけではないのだ。実際、それからは吐き気に襲われることはなかった。

二月はよく雪が降った。ベルとイーリアは大雪の中、大はしゃぎで遊んでいる。体の半分も雪に埋もらせながら必死に追いかけっこをしている姿は、まさに自然児そのもので、生きていることの喜びを全身で表しているようだ。

正月明けに吐き気があってから、二月に入るまで何ともなかったのだが、二月の声を聞いた頃からまた胃の様子がどうもおかしくなってきた。痛みもないし、吐いたりすることもないのだが、何か変な感じがするのだ。胃の存在が気になるというか、胃が存在を主張しているというか……。

昨日は涼介のところへ検診に行ったのだが、何か変な感じがするということだけで、やっかいな検査を受けるのは嫌だったし、入院して検査しようなどと言われるのが怖くて、とうとう言えないまま帰ってきてしまった。

三月に入ると、エリ子の胃の不調は深刻なものになってきた。胃のもたれた感じが常にあり、吐き気にも悩まされた。

何かよくないことが、自分の体の中で起こっている。それはもしかしたら、再発ではないのか。エリ子はあれこれと考えた。だが、何を考えても恐しさが襲ってくる。今度こそはっきりさせよう。エリ子は、三月の検診のときには、涼介にちゃんと話そうと決めた。

三月十二日、イーリアの発情が始まった。エリ子はすぐ山村に連絡を入れ、コールをこちらに連れてきてほしいと頼んだ。

山村は待ちに待っていた様子で、

「そうか、始まったか。排卵日まではまだ日があるけど、分かった。今度の月曜日に連れていくよ。そうかあ、いよいよだな。そっちに行く前に、コールの血液検査をしておくよ。それに風呂にも入れておく。なんせ初夜を迎えるんだからなあ」

と、声だけでも分かるほどウキウキしていた。

電話を切ったエリ子は涼介にも連絡を入れたが、手が離せないらしく留守電になっていたので、メールを入れておいた。

今日は十二日。コールが来るのは十五日。そして十九日はベルの誕生日だ。イーリアの排卵日は、おそらく二十四日から二十六日くらいの間だろう。今月はお祝いが重なりそうだ。

ベルは今年で八歳になる。大型犬の老化は早い。ただ、ベルの場合、大型犬に多く見られる股関節の障害が出なかったので、シニアになった今でも元気に走りまわれる。

その日の仕事を終えたエリ子と京子は、二人が食べる夕食の準備をしていた。京子は今夜、夫の川辺豊が出張で名古屋に行っているので、エリ子の家に泊まることになっていた。

楽しそうに夕食を作る京子だったが、なんのことはない、店の残りものを並べただけだ。それでも、誰かといっしょに食べる食事はおいしいものだ。食欲のないエリ子とは反対に、京子はすごい勢いでよく食べた。生ハムのマリネをほお張りながら、彼女は照れくさそうに告白した。

「エリ子さん、実はね、赤ちゃんができちゃったの、私。今三カ月なんだって。昨日病院行って調べてもらったの」

と、頬を赤くした。

「そうなの！　全然気がつかなかった。よかったね、おめでとう。京ちゃんもお母さんになるのかあ。豊君は何て言ってた？」

エリ子は心から喜んだ。

「偉い偉いって、誉めてくれた。女の子を産んでくれなんて言うんだよ。そんなのどっちか分かんないのにさ。予定日は十月なの。生まれてからのお楽しみだね」

そう話す京子は幸せそうで、心なしか母親らしく見えるから不思議だ。

「ベル、イーリア。京ちゃんね、赤ちゃんができたんだよ。すごいでしょ。イーリアもがんばって作ろうね。うまくいけば、イーリアの赤ちゃんは五月の終わり頃には生まれるはずだよ」

ベルとイーリアは、よく分からないままシッポを振りながらエリ子の顔を舐めた。うれしそうにしている人間を見ると、犬たちも喜び、つられてうれしくなってしまうものだ。従順な犬ほどその傾向が強い。

「少しつわりもあるの。でもね、不思議なんだよ。どんなに気持ち悪くても、食べると治っちゃうんだから。これじゃあ太るわけだよね。ということだから、ごはんおかわりしよっと」

京子は茶碗を手に立ち上がった。

エリ子には、つわりも出産も縁のないことだったが、とにかく京子が無事に赤ちゃんを産んでくれることを願うだけだった。


翌週、月曜日の午前中に山村がコールを連れてきた。「男前に磨いてきた」と言うだけあって、コールは全身ピカピカで、フワフワしていた。おまけにコロンの香りまでさせている。

「ちょっと、初夜はまだ十日も先なんだよ。それまでに汚れちゃうじゃない」

エリ子が言うと、

「いいんだよ。初夜は先だけど、今日は結納なんだから。ほら、健康診断の証明書だ。幾久しく受け取ってくれ」

山村が言って差し出したのは、金色の額に入れられたコールの診断書だった。エリ子は何も言えずに、ただあきれていた。

午後には涼介も合流し、みんなで京子のオメデタを祝った。

涼介は久しぶりにエリ子を見て、すぐに異変に気づいた。

「エリ子、ちょっとこっちに来てくれないか」

涼介は手まねきして、廊下に呼んだ。エリ子が行くと、涼介はいきなりエリ子の顔を両手ではさんだ。下まぶたを引き下げる。

「ちょっと、何すんのよこんなとこで。キスしたいの？」

エリ子は涼介の手を振り払って言った。

「いつから具合悪いんだ？」

「えっ？」エリ子はマズイなあと思った。

「いつから具合悪いんだって聞いてるんだよ。貧血が出てるじゃないか。それに少し痩せたよな。ちょっとこっち来いよ」

涼介はエリ子の手をつかんだまま、寝室に連れていった。

「ねえ、やめてよね。まさか脱げって言うんじゃないでしょうね？」

エリ子が抗議すると、

「脱がなくていいから、ベッドに寝てくれよ」

涼介はベッドを指差して言った。しぶしぶエリ子が言われたとおりにすると、涼介はエリ子の着ていたセーターをまくり上げ、両方の手のひらを腹にすべらせていった。

「ここ痛い？　ここは？」

涼介が、ところどころを二本の指で押しながら聞く。

「ううん、痛くはない。でも気持ち悪くなる」

エリ子は正直に答えた。

「今週の検診日には、ちゃんと話そうと思ってたの。なんとなく変だなって思ったのは、今月に入ってからだったし」

「木曜日、内視鏡の予約を入れておくから、朝メシ抜いてきてくれよ。痛みはないの？　吐き気は？　食べ物の好みが変わったとか、そういうことはないか？」

涼介は怖い顔をして聞いた。

「痛みはない。一日中じゃないけど、吐き気はある。ラーメンがおいしくなくなった」

エリ子はぶっきらぼうに答えた。

「とにかく、検査をしてみないと何とも言えない。ただの胃炎や潰瘍なら、それにこしたことはないんだから。今はあまり余計なことは考えるなよ」

涼介はエリ子を抱き起こして言った。

「涼ちゃん、私ね、何か嫌な予感がするの。私のおなかの中で、よくないことが起こってるって。怖いけど、もしものときは、約束したでしょ？　ちゃんと言ってね。ウソはつかないでね。私に情けをかけるなら、本当のことを言って」

そう小さな声で言うエリ子は、子供のように頼りなげに見えた。

涼介はしっかりエリ子を抱きしめ、「分かった。分かった」と繰り返した。

エリ子は心の中で、何でもありませんようにと、ただ祈るばかりだった。


三月十八日。胃カメラのフィルムを見た涼介は、一瞬呼吸することができなくなった。

「何なんだよ、これは。これは本当にエリ子のフィルムなのか？」

何度目をこすっても、何度フィルムの下に書かれた患者の名前を見ても、それは紛れもなくガンであり、エリ子の胃のフィルムであることに間違いなかった。

それも、一番タチの悪いスキルス胃ガンだ。症状はあまり強く出ないが、進行性で転移しやすい。

涼介は、自分が内視鏡検査をしなくてよかったと思った。自分の手で検査をしてこの目で病巣を見ていたら、きっとその場でエリ子に気づかれてしまったろう。

しかし、何があっても真実を話すとエリ子に約束したのだ。嘘はつけなかった。この診察室の外で、エリ子が待っている。残酷な知らせを聞くために。その残酷な告知をするのはこの俺なのだ。

涼介は大きく深呼吸すると、エリ子の名を呼んだ。

病院の駐車場に停めた自分の車の中で、エリ子は泣いていた。毛穴の一つひとつから、絶望や恐怖が吹き出してくるようだ。

手術をしようと、涼介は言った。胃の全摘手術を。

もちろんエリ子は承諾した。自分一人の問題なら、このまま何もしないで過ごすが、エリ子には犬たちがいた。あの子たちのために、少しでも望みが生まれるのなら、手術でも何でもする。

だが、涼介はこう言った。「かならず再発はする」と。手術しても、生存率は十パーセント程度だと。

「それでも、やるしかないじゃない。今はまだ、あきらめるわけにいかないじゃない」

エリ子は車のシートにもたれ、絞り出すような声でつぶやいた。

家に帰ると、我先にと出迎えにくる、うれしそうなベルとイーリアを見て、押しつぶされそうなほどの哀しみが襲ってきた。ヨロヨロと膝をつき、泣き出したエリ子に、犬たちは〝どうしたの?〟というように顔を寄せ、なぐさめようと一生懸命エリ子の顔を舐めた。それでも泣きやまないので、犬たちはエリ子が落ちつくのをおとなしく待った。時折、クンと鼻を鳴らす。

しばらく泣いたあと、突然涙が途切れた。

まだ、すべてが終わったわけではないのだ。たとえ、もうすぐ終わろうとしているのだとしても、今はまだやるべきことがある。

この子たちが今後、確実に幸せな生活を送れるようにしてやらなくては。グズグズ泣いている場合ではないのだ。

エリ子は立ち上がるとキッチンに行き、戸棚からブランデーを取り出し、グラスに半分ほど注いだ。グラスを目の高さまで持ち上げ、一気に飲み干した。それは景気づけでもあるが、犬たちの未来に対して母親としての責任を果たすという、誓いの盃でもあった。

そのあと、エリ子は何カ所かに電話をしたのだった。


翌日、三月十九日。今日はベルの誕生日ということで、店に来てくれたお客全員に手作りのケーキをプレゼントした。

こんなに大勢の人から、おめでとうを言われたのはベルも初めてだ。そのせいか朝から終始機嫌よく、せっせとメニューやおしぼりのカゴを、お客たちに運んだ。

常連客の一人である今井孝子さんという未亡人が、

「イーちゃんのバースデーはいつ?」

「七月よ。七月十七日なの」

エリ子が答えると、

「なーんだ。まだ先なのねぇ。イーちゃんにはどんなプレゼントがいいかしら」

と、楽しそうに言った。

ベルには、特注だというシャネルのカラー（首輪）をいただいた。

今井さんは、ご主人を事故で亡くし、今は朝霧の別宅に家政婦といっしょに住んでいる。亡くなったご主人も、そして彼女もまた資産家で、お金は借すほどあるということだ。本宅のほうはご主人の弟が相続したので、今井さんは窮屈な東京を離れ、静かな朝霧に越してきたのだ。夫妻には一人娘がいるが、アメリカのほうに移り住んだということだ。

彼女はジャンボという名の、ニューファンドランドという超大型犬を飼っている。牡の七歳で、体重が六十キロもあるという。真っ白でフワフワの毛は、週に一度トリマーを呼んで手入れをしてもらうというだけあって、いつもいい香りがした。

ベルもイーリアも、ジャンボが大好きだった。今井さんのベンツの音を聞きつけるやいなや、ヒンヒン鼻を鳴らして迎えに出ていく。毎日来てくれる今井さんは、ベルとイーリアのお出迎えがうれしくて通ってきてくれているのだ。

エリ子の家の中で、犬たちが楽しそうに遊んでいる姿を眺めながら、

「永遠にいっしょにいられたらいいのにね」

と、ポツリとつぶやいた今井さんは、犬とともに静かに生きている人だったが、どこか寂しそうにも見えた。

二週間後、再び犬たちを訓練所に預け、店も京子に任せたエリ子は入院し、今、手術室のベッドに寝かされていた。

「あと、一時間はここで待とう」

涼介がナースに言った。あまり早く病棟に戻ると、あの患者は手術ができないほど手遅れだったのかと、まわりの人間に悟られてしまうからだ。

そう、手遅れだった。腹腔内のあちこちに転移し、肺にまで広がっていたのだ。涼介にできたのは、痛みを感じる神経を切断することだけだった。

エリ子に何と言ったらいいんだ。涼介は、今日ほど医者になったことを後悔した日はなかった。医者になんて、ならなければよかった。愛するエリ子に、長くて半年だと、余命告知をしなければならないなんて。そして、これほどまでにエリ子を愛してしまった自分を、哀れな男だと思った。

そのとき、エリ子が微笑んだ。

「いい子だね。いい子だね」

と、小さな声でささやく。麻酔をかけられた人間は、よく寝言を言う。エリ子は今、犬たちとともにいるのだ。ベルとイーリアの体を撫でてやっているのだろうか。それとも、イーリアの子犬を抱き上げているのだろうか。

涼介は、涙が込み上げてくるのを感じた。今、エリ子は夢の中で楽しそうに笑っている。そのそばでは、余命告知の診断を下した涼介が立っているのに。


術後三日目の朝、エリ子は病室のベッドの中で涼介の言葉を静かに聞いていた。

涼介は目を潤ませ、鼻声で淡々と話し続けた。

「ごめんなエリ子。今の俺じゃ、何の役にも立てないんだ」

涼介はくやしそうだった。

「それじゃあ誰ならいいの？　誰なら私の役に立ってくれるのよ？　今すぐここに連れてきて、私を治してよ。それができないなら出ていってよ！」

エリ子は、やり場のない怒りを涼介にぶつけると、ふとんをかぶって泣き出した。

「ごめん。本当にごめんな」

そう言うと、涼介は病室から出ていった。エリ子はふとんから顔を出し、涼介の出ていったドアを見つめた。

分かっている。涼介は謝る必要などないし、エリ子に責められるいわれもないのだ。涼介は一人の医者として、一人の患者に対し、力の及ばなかったことを詫びているのだ。

「涼ちゃん、ごめんね」

エリ子はそっとつぶやいた。

あと半年。どんなにあがいても、どんなに泣きわめいてもこれが現実で、これが自分に与えられた人生なのだ。死が免れないものならば、せめて死に方くらいは自分で決めたい。

〝家で死にたい。あの子たちのそばで〟エリ子は心からそう思った。

「絶対に帰ってやる。こんなところでなんか、死んでたまるか」

声に出して言った。

その日の夕方、涼介がエリ子の様子を恐る恐る見にきたとき、エリ子は朝よりもすっきりした顔をしていた。

「涼ちゃん、今朝はごめんね。涼ちゃんには何の責任もないのに、八つ当たりしちゃって。お願いがあるんだ。体の調子が良くなり次第、すぐに退院させてほしいの。私は、ここでは死なないって決めたから。家で、あの子たちに看取ってもらいたいの。だから、自宅療養の仕方を教えてください」

涼介は、エリ子の強さと潔さに圧倒され、エリ子に対する尊敬と愛情をあらためて感じていた。そして、訪問看護やホスピスからの往診、自宅に置く酸素吸入器など、在宅医療に必要と思われるものは、すべて自分が手配すると約束した。

「まだ半年あるからね。やっておくことはたくさんあるけど、間に合うと思うよ。自分の寝床も用意しておかないとね」

エリ子がいたずらっぽく笑った。涼介は首を傾げて聞いた。

「寝床って？　介護用ベッドか？」

「ううん。私が死んだあと、あの子たちが来るのを待つための寝床。お墓ともいうけど」

まいった。エリ子は、自分の墓まで作るというのか。この強さはいったいどこからくるのだろうか。こんな残酷な状況に置かれても先のことしか考えないエリ子の強さの前で、涼介はますます自分が無力な役立たずに思えてくるのだった。

退院してからのエリ子は、毎日忙しくしていた。

イーリアの妊娠が確定したのだ。早くも今月の終わりには子供が生まれる。

エリ子に万一のことがあれば、今井さんが子犬を引き取ってくれることになっていた。それ以外にも、エリ子の所有する土地を買い取り、今までどおりカフェを続けていくことも、快く承知してくれた。

エリ子の自宅には涼介が住み、ベルとイーリアの面倒を見てくれる。涼介が当直などのときは、犬たちは今井さんの家に泊まるということになった。今やエリ子も涼介も、今井さんには絶大な信頼を置いていた。

エリ子の病状も安定し、イーリアのおなかも順調だ。

みんなが見守り、そして待ち望んでいたイーリアの出産は、五月二十八日、午後九時半過ぎから始まった。

一匹、二匹、三匹目の子犬は鳴き声をあげない。あわてたエリ子が、すぐに鼻から羊水を吸い出し、逆さに振り、温めたタオルで全身をこすった。すると間もなく元気な鳴き声を聞くことができて、エリ子はホッとした。

その間にも、イーリアの出産は続いた。六匹目の子犬が産み落とされたときは、午前二時になっていた。

きれいな箱型のベッドに、イーリアと子犬たちを移してやると、イーリアは疲れた様子で眠ってしまった。

子犬たちはオッパイを飲もうと、必死に自分の場所を確保しようとしている。涼介が聴診器を当て、一匹ずつ心音を確認した。

「大丈夫。問題ないよ、イーリアもね。男か女か分かるまで、あと二カ月くらいかかるなあ」

涼介がイーリアに聞いた。

「俺は女の子をもらうよ。いいよね？」

「涼ちゃん、生後五十日くらいまでは渡せないからね。分かってると思うけど」

エリ子が釘を差す。

「ああ、もちろん分かってるよ。母乳による免疫力をつけるためだろ。一応医者の端くれだからね」

涼介が言うと、エリ子がいじわるく言った。

「そうだよねえ。いちばーん、端っこのね」

みんながいっせいに笑った。

そのあとは朝まで、イーリア親子の記念写真を撮ったり、飲んだり食べたりと、大いに盛り上がったのだった。


子犬たちも生後三十日を過ぎ離乳食が始まると、一日四回の食事を与えるため、エリ子は息をつく間もなく忙しくなってしまった。

見かねた涼介は、エリ子の負担を軽くするために、子犬をそれぞれの家に引き取ってもらうよう勧めた。エリ子もかなりつらくなっていたので、素直に同意した。

涼介が女の子を一匹。今井さんが男の子と女の子をそれぞれ一匹ずつ。かかりつけの動物病院の先生が男の子を一匹。そして山村訓練所で男の子と女の子の二匹を引き取ってくれた。

本来ならば、エリ子はすべての子を手元に置きたいと思っていたが、余命の残り少ないこの身で子犬を引き取るということは、実に無責任なことだと思ってあきらめた。

そのかわり、子犬に会いたければいつでも会えるのだ。

イーリアも、不思議といなくなった子犬を捜したりはしなかった。母性本能が弱いのかもしれない。ケロッとして、いつものようにベルと遊んでいる。

それにひきかえコールは常に子犬のあとを追い、寝るときもいっしょだ。今は主人である涼介すらそっちのけ。とにかく子犬のシーナに夢中なのだ。

今、涼介とコール親子は、エリ子の家でいっしょに暮らしている。調子のよくないエリ子のそばに、なるべくついていてやったほうがいいと涼介は思ったのだ。エリ子に切り出したときは、断られるだろうと思っていたのだが、意外なことにすんなりOKしてくれた。エリ子も口には出さなかったが、不安だったのだろう。安心したような顔で「分かった。そうしてくれる?」と言った。

エリ子は、カフェの仕事は京子に任せっきりで、ベルやイーリアと過ごす時間を大切にしていた。

静かな生活が何日か続いた頃、エリ子は犬たちといっしょに旅行がしたいと言い出した。涼介は承諾した。ここのところ、エリ子の状態は良好だったし、顔色もよくなり食欲もあった。それに……。それに、おそらくこれが最後の旅行になるだろう。エリ子が元気なうちに、なるべくたくさんの思い出を作ってもらいたかった。

旅行に出かける前夜、エリ子は涼介の寝室に入ってきた。

「涼ちゃん、少しおしゃべりしようよ。なんだか眠れなくて」

と、落ちつかない様子で言った。いつもはシンプルなパジャマを着ているエリ子が、今夜はどういうわけか、シルクのネグリジェを着ていた。

「なんだ、明日から旅行なんでソワソワして眠れないんだろ？　子供みたいだな」

涼介はエリ子の姿に驚きながらも、笑いながら言った。

エリ子は何も言わず、いきなり涼介のベッドにもぐり込んできた。ほのかに甘い香りがした。

「おい、エリ子。何してんだよ」

涼介はあせって言ったが、エリ子はおかまいなしで、

「いいじゃない。昔を思い出すでしょ？　ちょっと興奮しちゃうよね」

と、いたずらっぽい目をして言う。

「襲われても知らないからな」

そう言いながら涼介は、少し端に寄ってエリ子をふとんの中に入れた。

「襲われてたのは、いつも涼ちゃんだったよね。私、襲う人」

エリ子は昔を思い出したかのように、笑って言った。

「そうそう。俺は本気で貞操帯買おうかと思ったよ」

エリ子がクスクスと笑う。涼介は続けて言った。

「でもさ、今日はどんな風に襲われるのかと思うと、楽しみでもあったな」

エリ子はケラケラと、声を出して笑った。

「ごめんね。でも私、涼ちゃんを見てるとなんだかムラムラしちゃって、押し倒さずにはいられな

くって。今もそうよ。今夜は涼ちゃんを襲いにきたの。いい？」

　エリ子は涼介の目を見つめて言った。

「でも、体は？　具合はいいのか？」

　涼介はちょっと心配になって聞いた。エリ子は子宮を摘出しているのだ。

「具合？　よく絞まるよ。……涼ちゃん、私はまだ女だよね？　子宮がなくたって、女だよね？　たしかめたいの。自分の体がどうなってるか。だから、涼ちゃんの体を借して」

　エリ子はそう言うと、ネグリジェをあっという間に脱いでしまった。そして、宣言したとおり、涼介に襲いかかっていったのだった。


　翌朝、すっかり寝過ごしてしまった涼介がリビングに入っていくと、もうエリ子と犬たちは出かけたあとだった。

　涼介はヨロヨロと、足を引きずるように歩いてキッチンに行った。

　冷蔵庫から牛乳を取り出して飲む。

「栄養補給しなきゃ」

　コールとシーナに食事をやり、バスルームに行ってシャワーを浴びた。涼介は思い出していた。夕べのエリ子を。涼介に抱かれながら、何度もありがとうと言った。泣いていた。そして、愛してると。そう、たしかに愛してると言った。

　涼介は、心も体も温かいものが広がっていくのを感じた。

〝俺も愛している〟

涼介は無性にエリ子に会いたかった。たった二泊するだけじゃないか。あさってには帰ってくるのだ。涼介は、恋こがれる少年のようになっている自分自身にあきれたように苦笑し、シャワーを止めた。


七月十七日、イーリアの誕生日にエリ子は、犬たちといっしょに伊豆へ旅行に来た。

今日から泊まる宿は犬連れ専用で、一般客は宿泊できないという一風変わったペンションだ。すぐそばにはプライベートビーチがあるため、犬たちをノーリードで遊ばせることができる。ベルとイーリアは、ペンションで飼われている二匹のゴールデンレトリーバーと追いかけっこをしたり、海で泳いだりして遊んだ。

犬用のシャワールームで体を洗ってやり、部屋に戻るとすぐ夕食の時間になってしまった。

このペンションの食堂では、当然犬たちもいっしょに食事ができる。ワンワン吠えたり、あっちこっちのテーブルの匂いを嗅ぎまわったりしているよその犬たちを見るたび、ベルとイーリアがいかに行儀がいいか分かる。

海が近いこともあり、魚料理がとくにおいしかったが、胃に病巣のあるエリ子は半分も食べられなかった。電話で予約をする際、その旨を伝え、料理は少なめにしてほしいと希望していたので、他の宿泊客たちよりもたしかに量は少なかったのだが。

その夜はさすがに疲れ、早めにベッドに入った。

食後、家に電話をしたが、涼介はまだ帰っていなかった。

夕べのことは、何から何まではっきり覚えていた。今頃になって、少し恥ずかしくなってきてしまったが、エリ子は安心していた。やはり自分は女のままであると。昔と同じように感じ、少しの違和感もなかった。たぶん、相手が涼介だからだろう。

それにしても、今朝の目覚めのなんとよかったことか。久しぶりに気分のいい朝を迎えられた。涼介はどんな朝を迎えたのだろう。かなりへばっていたけれど、ちゃんと寝坊せずに起きられただろうか。エリ子はクスクスと思い出し笑いをすると、携帯電話で涼介にメールを送った。

そして心地いい疲れの中、スーッと眠りに落ちていった。


翌日は少しドライブして、犬も入園できるレジャーランドに出かけた。

芝生の広場で遅い昼食を食べ、おみやげコーナーでたくさんのグッズやお菓子を買い、ペンションに戻ったのは四時頃だった。

少し休憩したあと、夕食にはまだ時間があるのでビーチに散歩に出かけた。ベルは少し疲れたのか、エリ子といっしょに砂浜に腰を下ろしていたが、イーリアは元気がありあまっているらしく、海の中へバシャバシャと入り、泳ぎ出してしまった。

「あーあ、またシャンプーしなきゃ」

エリ子はしかめっ面をした。太陽は西に傾き、陽差しも少しやわらかくなってきた。

「イーリア。おいで」

エリ子が呼ぶと、イーリアはブルブルと体を振り、駆け寄ってきた。

「あーあ。これシルバーだから変色しちゃうよ。どうせシャンプーするから外しておくね」

エリ子はイーリアの首から、シルバーのチェーンカラーを外し、ついでにベルのチェーンも外してやった。あとで磨こうと思ったのだ。

エリ子は、海に沈みかけている夕日を眺めながら、静かに犬たちに語りかけた。

「ベル、イーリア。お母さんはね、あと少ししかいっしょにいてあげられないの。つらいけど、悲しいけど、これがお母さんの運命だから。でもね、幸せだったなあ、お母さん。お前たちを授かって、お母さんの子供になってくれたから。お前たちは、何の見返りも求めずに、ただお母さんのことを信じて愛してくれた。生きて、温かい血の通った者同士、お互いが必要とし合って、信じ合い、愛し合ったんだよね。ただお互いが人間と犬だっただけのことで。お母さんの生まれてきた意味はね、お前たちに巡り合うため。種族を超えた信頼と愛情をお前たちと分かち合うため。もしも輪廻転生というものがあるのなら、何度別れても、何度死んでも、私はお前たちの母親で、お母さんの子供はお前たちしかいないのよ。寄せては返すこの波のように、命というものもまた、消えては生まれるの。この世でもそうだったように、次の世も、またその次の世でも、何百回命が変わろうと、お母さんとお前たちは、未来永劫の親子だよ。お母さんは先に逝って待ってる、いつかお前たちが帰ってくるのを。そうしたらまた、いつもこうしていっしょにいようね。約束だよ。ずっとずっと、いっしょにいようね」

その夜、ベッドに入り本を読んでいたエリ子は、突然大量の吐血をした。

この異変に気づいたベルとイーリアは、エリ子のベッドに飛び乗り、心配そうにクンクン鼻を鳴らし、血で汚れた口元を必死に舐めた。

呼吸がうまくできなくなったエリ子は、最後の力を振り絞って、犬たちを抱き寄せ言った。

「あの約束、忘れないで。愛してるよ、ベル、イーリア。ずっと愛してる。待ってるからね。かならずおいで。かならず……おいで」

エリ子の声は、気官に詰まった血液のせいで、ゴロゴロという音が混じっていた。朦朧とする意識の中で、エリ子は必死に犬たちを抱きしめたが、やがて力が抜けズルズルと崩れていった。

愛する犬たちに看取られながら、今、エリ子は三十三年の人生に幕を下ろした。最期まで、犬たちとともにありたいと願ったエリ子の死だった。

ギャンギャンと耳をつん裂くような犬たちの鳴き声に、ペンションの主人がドアをノックした。

「相川さーん。どうかなさいましたか?」

返事はない。ノブを回したが鍵がかかっている。病気を抱えていることを聞いていた主人は、何かとんでもないことになっているに違いないと思い、フロントに引き返すとスペアキーを持ってきてドアを開けた。

ベッドの上で、エリ子がうつぶせに倒れていた。ふとんの上は、血で真っ赤に染まっている。犬たちはベッドの上に乗り、動かなくなったエリ子に向かって吠えたて、前足でエリ子の体を引っかいていた。その犬の体にも血が付き、主人の顔を舐めたのであろう、口元も血で汚れていた。

主人はあわてて救急車を呼ぶと、エリ子の体を仰向けにした。心臓に手を当て、脈をとってみる。だが、犬たちの主人が生きている証拠は、どこにも探り当てることはできなかった。

犬たちは吠えるのをやめていた。ただじっとエリ子を見つめている。シェパードのほうは、よほど怖かったのだろう、ブルブルと体を震わせていた。

救急車が到着しエリ子を運び出すと、犬たちも一緒にあとからついていった。だが、救急車の中へ乗り込もうとした犬たちは、救急隊員によって追い出されてしまった。

ペンションの主人と宿泊客の一人が犬たちを押さえようとしたが、それを振り切って走り出した救急車のあとを必死に追いかけて行ってしまった。

茫然と犬たちを見送った主人は、思い出したようにペンションの中へ戻ると、エリ子の宿泊カードを取り出し、連絡先として記入されていた番号に電話したのだった。

ベルとイーリアは、途中まではなんとか救急車を追っていったのだが、交差点がなかなか渡れず、いつの間にか見失ってしまった。すると道路に鼻を近づけ、わずかでもエリ子の匂いがしないかと捜し始めた。高等訓練を受けてきた犬たちだ。普段とは比べものにならないほどの集中力で、道路の端から端まで捜しまわった。鼻を地面にこすりつけて捜す癖のあるイーリアの鼻は、いつしかすりむけてうっすらと血がにじんでいた。

ベルとイーリアは、救急車を見失った交差点の歩行者用道路のところに座り込んだ。ここで待つのだ。あの音を鳴らす車、エリ子を連れていった、あの車を。

その知らせが涼介の元へ届いたのは、エリ子が運ばれてから十分もたたない頃だった。

電話を切ってから十分後には、涼介は車を飛ばしていた。しかし、どんなに飛ばしても二時間以上はかかってしまう。救急車を追って、いなくなってしまったベルとイーリアのことも気にかかった。追跡訓練では優秀でも、これは訓練でも競技会でもないのだ。ましてや救急車を追跡するなど……。

「エリ子、死ぬなよ。ベル、イーリア、無事でいてくれ」

涼介は声に出してつぶやき、手の甲で目をこすった。涙が出ていることにも気づかなかった。

南伊豆にあるその救急病院へ着いたのは、十時半になろうとする頃だった。受付でエリ子の名を言い、自分は主治医である旨を伝える。

受付のナースが電話で担当の医師に連絡すると、二分くらいで五十代半ばの医者が、エレベーターから降りてきた。

「内科部長の脇坂といいます」

と、ていねいに頭を下げた。

「静岡緑ヶ丘病院で、外科医をしている明石といいます。相川エリ子の主治医です」

一瞬脇坂は、主治医がどうして駆けつけるのかという顔をしたが、あえて何も聞かなかった。

「患者がこちらに運ばれてきたのは、七時二十二分でした。心肺停止の状態で、すぐに心肺蘇生を始めましたが、戻ってきませんでした。八時十五分、死亡確認をしました。肺からの出血が多く、手の施しようがありませんでした。お力になれなくて、申し訳ありませんでした」

と、そばにいたナースとともに、頭を下げた。

普段ならば、涼介が患者の家族に対し、こうして頭を下げている立場なのに、今日は自分の目の前に立っている医者が、涼介に対して頭を下げている。今涼介は、死亡宣告された患者の家族の悲しみが、痛いほど身にしみていた。

霊安室に安置されたエリ子の顔は、透きとおるように白かった。無用な点滴や投薬などをしなかったため、むくみやシミもなく、元気な頃のエリ子とあまり変わらなかった。かなり痩せてしまったのはたしかだが。

そっとほおに触れてみると、もうすっかり冷たくなってしまっている。手も、足も冷たかったが、シーツをめくって腹に触れてみると、そこだけはわずかにぬくもりが感じられた。

目と鼻の奥に、熱いものが込み上げてきた。涙がほおを伝い、嗚咽がもれる。たまらなかった。美しい死に顔のエリ子が、たまらなく悲しかった。

「エリ子。エリ子、お前はこれで満足なのか？　こんな形で逝ってしまって、これでよかったのか？　旅行になんか行かせなければよかった。俺は、まだ続くと思っていたんだ、お前との生活が。お前が帰ってきたら、毎日抱きしめて言ってやろうと思っていた。愛していると。分かっているのか？　お前をこんなに愛しているんだぞ」

涼介は、横たわるエリ子を抱きしめながら、声を押し殺して泣いた。五分か、十分か。やがて顔を上げた涼介がポツリと言った。

「シーナのやつ、初めてトイレでワンツーしたんだ」

三　導かれし者

ベルとイーリアは、ずっと待ち続けていた。人通りはもちろん、車の往来もまばらになってきた暗い夜道で。と、そのとき、救急車のサイレンが、遠くのほうから聞こえてきた。

近づいてくる。

ベルとイーリアは身がまえ、緊張した。今度こそ、あの音のする車を追い、お母さんを捜そうと。サイレンは、どんどん近づいてくる。と、見覚えのある車が、前方二百メートルくらいのところまで来て曲がった。

ベルが真っ先に駆け出し、イーリアがそのあとを追った。本来、若いイーリアのほうが足は速いのだが、リーダーであるベルの前には決して出ない。ひたすらベルのあとをついてゆく。

救急車に追いついた。そこは、病院の入口であったため、救急車のほうがスピードを落としてくれたのだ。救急車が止まった。ベルとイーリアは、救急車のうしろへ回り、扉に前足をかけてクンクン鳴いた。

驚いたのは救急隊員だった。なぜ、こんなところに犬がいて、救急車にすがって鳴くのか。とにかく患者を運び出さなければならない。扉を開けようとしたとき、犬たちは一歩うしろへ下がり、期待を込めた目をしてじっと見守っている。

救急隊員の山内は、大型犬二頭の出現に一瞬ひるみはしたが、この犬たちは決して攻撃してくることはないだろうと思った。なぜなのかは分からないが、そう確信できたのだ。

「おい、その犬なんとかしろよ」

もう一人の隊員が、心配そうに言ったが、

「こいつらは絶対に大丈夫だよ」

と、山内は請け合った。

事実犬たちは、運び出されたストレッチャーに寝かされた患者の匂いを少し嗅いだだけで、もう用はないというように、どこかへ立ち去ってしまった。

「何だったんだ、いったい。さっぱり分かんないや」

山内たちは、患者を救急処置室に運び、引き継ぎを済ませると救急車へ戻った。すると、犬たちが救急車のまわりをぐるぐる回りながら匂いを嗅いでいる姿を目にした。

「どうしたんだ？　こんなところで。早く家に帰れよ」

山内が声をかけると、レトリーバーはうれしそうにシッポを振り、おとなしく頭を撫でられていたが、シェパードのほうは警戒心が強いのか、二、三歩後ずさりし、じっと山内とレトリーバーの様子を見ていた。寂しそうな目に、山内は心を揺さぶられた。

レトリーバーもまた、やさしい瞳で山内を見上げていたが、その目はどこか悲しげだった。思わず山内は、レトリーバーを抱きしめた。なぜだか切なくてたまらなくなったのだ。

「よしよし」

山内はなぐさめるようにレトリーバーの体をさすったが、犬はするりと山内の腕をすり抜け、シェパードといっしょに暗闇の中へ消えていった。

「野良かなあ。首輪もしてなかったぞ」

もう一人の隊員、水口が言ったが、

「いや、ラブラドールとシェパードの野良なんているもんか。飼い犬に間違いないよ。それも、大切に飼われているはずだよ。さっきラブラドールを抱いたとき、シャンプーのいい匂いがしていた」

だとすれば、勝手に家から脱け出してきたのだろう。しかし、なぜ救急車に乗せられた患者に興味があるのだろう。山内には、犬たちが患者の匂いを嗅いで、何かを確認しているように見えた。


「いない？　ちゃんと捜してくれたんですか？　もう十二時になるんですよ」

涼介が声を荒げて言った。

明日の午前中にエリ子を自宅に運ぶため、車の手配や病院の手続きを済ませた涼介は急いでペンションにやってきたのだが、犬たちがまだ見つからないという。

「もちろん捜しました。救急車を追っていったのなら病院にいるだろうと思って。でもどこにもいないんです。あちこち必死で捜しました。どこに行っちゃったんだろうなあ。かわいそうに、心細い思いをしてるでしょうねぇ」

ペンションの主人、井上は、ベルとイーリアを自分の愛犬のように心配してくれていた。がっくりと肩を落としている井上の姿に、涼介は思わず声を荒げてしまった自分を恥じた。

「すみませんでした、怒鳴ったりして。ご主人には何の責任もないのに……。こんなに心配してくれて、感謝しています。それにエリ子のことも、ご迷惑かけて申し訳ありませんでした」

涼介は頭を下げた。

「いいえ、そんな。やめてください。私どもでお役に立てることがあれば、何でも言ってくださいね。さしあたっては、明日の朝一番に保健所と動物保護センターに連絡を取っておきましょう。そうすれば、仮に捕獲されたとしても処分されることはない」

「はい。ありがとうございます。よろしくお願いします」

涼介は、再び頭を下げて礼を言った。

「しかし利口な犬たちですよねぇ。他の犬とはちょっと違うんだなあ。訓練とかされてたんですか?」

「ええ。あの子たちは、子供の頃から警察犬の訓練を受けてきました」

「どおりでねぇ。普通の犬とは顔つきも違うんですよね。見るからにかしこそうだった」

井上は感心したように言ったあと、

「今夜はもう遅いですから、休まれたほうがいい。彼女がいた部屋にご案内します。荷物の整理なんかは明日でもいいでしょう。お手伝いしますから」

部屋はきれいに使われていた。ベッドが二つ置いてあったが、一つのベッドには大きなシーツが掛けられていた。おそらくベルとイーリアは、こっちのベッドを使っていたのだろう。毛で寝具を汚さないようにとのエリ子の配慮に違いない。

洗面所の横にはミニキッチンがあった。その台の上に、二日分の犬たちの食事が一食分ずつ小分けにして置かれていた。また同じ台の上には、犬たちが使う食器がきれいに洗われて、ふきんの上に伏せられていた。

下を向いていた涼介の視界の端に、何か赤いものがチラッと見えた。

それはバスルームの扉の前に落ちていた。ベルとイーリアお気に入りのオモチャで、五十センチほどのロープの両端にひょうたんの形をした赤いガムが付いている。犬たちは、よくひょうたんをくわえては、引っぱりっこをして遊んでいた。今年のベルの誕生日に、涼介がプレゼントしたものだった。

エリ子が風呂に入っている間、犬たちはこの場所で、このオモチャで遊びながら彼女が出てくるのを待っていたのだろう。その光景を思い浮かべた涼介は、たとえようのない悲しみに襲われた。

オモチャを手に取ると、匂いを嗅いでみた。が、何の匂いもしなかった。

泣けてきた。


出動要請が入り、山内たちが乗った救急車が再び病院にやってくると、またもや犬たちは駆け寄ってきた。

数時間前と同じように、ストレッチャーに横たわる患者の匂いを嗅ごうとしたが、佐々木という隊員が、患者の容態を記入したカルテをはさむクリップボードで犬たちを追い払おうとした。

「おい、よせ」

山内が言ったときには、クリップボードの角がシェパードの鼻に当たった。佐々木はとっさに〝ヤバイ〟と思った。相手はシェパードだ。攻撃されると思い、身がすくんだ。だがシェパードは、がっかりしたような顔でこちらを見つめただけだった。がっかりというのは、匂いを嗅げなかったからではなく、自分をたたいた佐々木に対し、失望しているような印象を受けたからだ。

佐々木は何かうしろめたい思いにかられ、自分がひどく醜く最低の人間になったような気持ちにさせられた。たった一匹の犬に、こんな気分にさせられるなんて。自分の人間性を否定されたような気分に。

その間、山内は佐々木をにらみつけながらも、ラブラドールに患者の匂いを嗅がせてやっていた。ほんの少し匂いを嗅いだだけで、ラブラドールはその場を離れた。シェパードは二人の男をじっと見つめたあと、ラブラドールのあとを追って、病院に隣接する公園のほうへ走っていった。

ストレッチャーを運びながら、佐々木が言った。

「嫌な気分だよ。あのシェパード、俺をどんな気分にさせたと思う？　罪悪感と自己嫌悪さ。あの目は俺を非難してた。絶対に」

患者の搬入を終え、消防署に戻るため救急車に乗り込んだ山内と佐々木は、その辺に犬たちがいるのではないかとキョロキョロあたりを見まわしたが、犬たちはどこにもいなかった。

「また救急車が入ってくれば、かならず出てくるさ」

山内が言った。

「救急車が？　あいつら救急車が好きなのか？　分っかんねぇな。病人が好きなのかも」

佐々木が首をひねった。

「あいつらはさ、人を捜してるんだ。たぶん飼い主とか家族の誰かが、救急車で運ばれたんだ、この病院に。それをあいつらは追ってきたんだよ。救急車が来るたびに駆けつけて患者の匂いを嗅ぎたがるのは、確認したいんだ。自分たちの捜している人間かどうか。だから人違いだと分かったとたん、すぐにいなくなってしまう。間違いない。あの犬たちは、主人を捜しているんだ」

そう確信した途端、山内は全身に鳥肌が立つのを感じた。何て健気で、何て従順な犬たちだろう。あんなすばらしい犬たちの飼い主は、いったいどんな人で、今どうなっているのだろう。子供の頃から犬好きの山内は、あの二匹の犬たちのことが気になってしかたなかった。

走り出した救急車のヘッドライトが、公園のほうを照らした。

「山内、あれ」

「ああ、いる」

公園の植え込みのところに並んで座り、じっとこちらを見つめている犬たちの姿が、ヘッドライトの光の中に青白く浮かんでいた。その顔は寂しそうで、そしてその姿は、悲しいほど気高かった。

ベルとイーリアは、救急車が走り去るのをじっと見ていた。

病院に隣接する公園は、人影もなく静まりかえっていた。犬たちは水飲み場に行き、蛇口に口を付けたが水は出てこない。エリ子といっしょのときは、蛇口に口を付ければすぐに水が出てきたのに。ベルもイーリアも、エリ子が水栓をひねったから水が飲めたのだとは思っていないのだ。蛇口の下には排水溝があり、砂やゴミが溜まって水がいっぱいになっていた。しかたなくその水を飲んだベルとイーリアは、何とかして空腹を満たそうと思い、公園内をウロウロした。

と、イーリアが食べものの匂いを嗅ぎつけた。地面に鼻をこすりつけ進んでいった先には、誰かが野良猫のために置いていったドライフードが紙皿の上に散らばっていた。

犬たちは夢中で食べたが、大型犬の食事が猫のエサで足りるはずもなく、他にも何かないかと捜して歩いた。ゴミ箱を見つけ漁ってみるとコンビニ弁当の空箱があったが、中には何も入っていなかった。ベルが近くに生えている草を食べ始めると、イーリアもそれに習って、先の尖った草を選んで食べた。

そのとき、また救急車のサイレンが聞こえてきた。しかし二匹は猛ダッシュで駆け寄ることはしなかった。

公園からじっと様子をうかがい、救急隊員が病院の中に入ってしまうと、ようやく小走りで救急車に近寄り、扉のまわりの匂いを嗅ぐ。

〝お母さんじゃない〟

「クーン」イーリアが鼻を鳴らす。エリ子が恋しいのだ。それはベルだって同じだ。

二匹はまた、公園にすごすごと戻った。ベルもイーリアも疲れていた。犬は、いつもと違う状況にストレスを感じやすい動物だ。まして主人がいなくなってしまうということほど、大きなストレスはないのだ。

ベルは体を伏せると前足の上に顎を乗せ、眠り始めた。イーリアは座ったままあたりの気配に注意を向けていたが、やがて横たわるとベルの脇腹に顔を埋め、ようやく眠りについた。次の救急車が来るまでの、つかの間の眠りである。

ベルの寝息に合わせるように、イーリアの頭が前後に揺れていた。


翌朝涼介は、ペンションの主人やその妻に礼を言い、もし犬たちが戻ったらすぐに知らせてほしいと頼み、ペンションをあとにした。エリ子の車は、運転代行に朝霧まで運んでもらう。病院に寄り、支払いなどを済ませると、エリ子の遺体を自分の車に乗せた。

「エリ子、朝霧に帰ろう。みんなが待ってる」

涼介は、シーツにくるまれたエリ子の体をやさしく撫でて言った。

山村夫妻や今井さん、それに京子には夕べのうちに連絡はしてあった。今ごろはきっと、エリ子を迎え、そして別れるための準備をしているだろう。

エリ子は、自分が死んだときまわりの人間が困らないようにと、葬儀の手配から遺産の管理方法まで、きっちりとノートに書き記して涼介に預けていた。

病院をあとにするとき、涼介はその辺に犬たちがいるのではないかと、あたりを見まわしてみたが、とうとうその姿を見つけることはできなかった。

山内は調べていた。夕べ運ばれてきた患者の中に、ラブラドールとシェパードを飼っている人間がいるか。夕べ救急車搬送された患者は三人いた。そのうちの三十代の女性は亡くなったという。嫌な予感がしたが、あとの二人の患者の病室に行ってみた。

一人目の五十代の患者からは直接話が聞けた。犬は飼っているが小型犬だという。

二人目の患者はICUに入っていて意識がないとのことだが、付き添っていた家族から、犬は飼ったことがないということを確認した。

だとすると、あいつらの主人は亡くなった女性なのか？　山内は胸が苦しくなった。

救急外来の受付へ行き、昨日亡くなった女性を診た担当医を聞くと、内科の脇坂医師だという。

山内は内科病棟へ走った。ナースステーションの受付で脇坂先生に会いたいと伝えると、今日は学会でいないという。がっかりしていると、

「あら、山内君じゃない。何してるの？」

と、声をかけられた。内科婦長の神崎さんだった。山内の実家の近所に住んでいる。

山内は、夕べ救急車で運ばれ、この病院で亡くなった女性のことを聞きたいのだと言った。担当医だった脇坂先生がいないので、話を聞くことができなかったということも話した。

「私ね、知ってるわよ。夕べ脇坂先生といっしょに診たのよ、その患者さんを。夕べその女性の主治医だっていう男性が駆けつけてきたんだけど、どうやら恋人だったみたいね。それで？　何を聞きたいの？」

神崎婦長に聞きたいこと、調べてほしいことを伝えた。それと一番大切なこと。表で二匹の犬が、もしかするとその女性を捜しているのかもしれないということも。

神崎婦長は、ここで少し待っててくれと言うと、ナースステーションの中へ入っていき、どこかに電話をかけ始めた。片手でメモを取りながらうなずいている。やがて受話機を置くと、立ち上がって山内のところに戻ってきた。

「はい、これ。夕べの女性、相川エリ子さんていうんだけど、連絡先よ。それと、この下に書いてあるのが泊まってたペンションの番号。私も犬は大好きなの。何とかして助けてやりたいわ」

山内は何度も礼を言うと、電話をするため一階のロビーに降りていった。


朝霧に帰ったエリ子は、寝室のベッドに寝かされていた。うっすらと死化粧をしてもらい、淡い紫色のドレスに着がえさせられていた。

「なんてきれいなのかしら。こんなきれいな仏様、私は初めて見たわ」

今井さんがつぶやいた。そして続けた。

「いつかはこの日がくるって分かってはいたけど、まさか今日だなんて。今日、エリちゃんと犬たちは、楽しい旅行から帰ってくるはずだったのよね。私に、ワサビと干物を買ってくるって言ってた。それがどうして？　こんなことって。こんな形で逝ってしまうなんて。しかもベルとイーリアまでいなくなってしまうなんて。ねぇ涼ちゃん、あの子たちは知らないんでしょ？　エリちゃんが死んだってこと。捨てられたって思ってるんじゃないかしら」

「いや、そうは思わないはずですよ」

言葉を返したのは山村だった。

「エリちゃんと犬たちの間には、絶対に断ち切ることのできない強い絆がある。たとえ何があろうとも、ベルとイーリアは死ぬまでエリちゃんを信じ続ける。もしもエリちゃんが、犬たちの喉にナイフを突き立てたとしても、あいつらは息絶えるその瞬間まで、エリちゃんを信じ続けるだろう。それが、エリちゃんとベル、イーリアを結び続けてきた絆なんだ」

そのときリビングで電話が鳴った。有子がコードレスホンを持ってきて、涼介に手渡した。

「下田の山内さんていう人。犬たちのことで話があるって」

涼介はひったくるように電話を受け取ると、

「もしもし。明石といいます。犬がどうしたんですか?」

と、怒鳴るように言った。

「すいません。あの、ちょっとお聞きしますが、そちらにお住まいの方は、ラブラドールとシェパードを飼ってらっしゃいませんか?」

電話の相手は、涼介の剣幕に圧倒されたのか、恐る恐る聞いてきた。涼介はパッと笑顔になって言った。

「ええ、そうです。夕べからいなくなってしまったんです。何かご存知なんですか?」

そして涼介は、山内という男の話を黙って聞いていた。

「じゃあ、明日の葬儀が終わり次第、そちらに行きます。病院でいいんですね。番号を教えてください。はい。はい。分かりました。わざわざありがとうございました。じゃあ明日」

電話を切った涼介は、山内の話をみんなに伝えた。

「なんてことだ。じゃあ、あいつらはまだ捜しているんだ。救急車で運ばれてくる患者を、一人ひとり匂いを嗅いで」

山村が絶句した。

「そうよ。あの子たちなら、ちっとも不思議なことじゃないわ。いろいろ考えたすえにとっている行動なのよ」

今井さんが言った。

「明日、エリ子の葬儀が済んだら、もう一度行ってくるよ。あいつらを捜しに」

涼介は、エリ子のほおを手でさすりながら言った。まるで、エリ子に語りかけるように。

そのときエリ子の残したノートを見ていた有子が、ベッドの脇にあるテーブルの引き出しを開け、カセットテープを取り上げた。

「これのことだわ。メッセージを残してあるって、このノートに書いてあるのよ。かけてみてくれない？」

涼介がレコーダーにテープをセットし、再生ボタンを押した。ややあって、エリ子の照れくさそうな声が聞こえてきた。

「やっぱやめようか。お母さん、ちょっと恥ずかしいよ」

そばにいる犬たちに話しかけているようだ。

「こうしてあらたまると、何から話していいのかなあ。メモしておけばよかったかも。つまりみなさん、こういうことです。私は、命のありったけ、がんばって生きてこられました。なによりも、この最後の一年間はみなさんの励ましがあればこそです。感謝しています。心からありがとうと言いたい。私は自分の人生に、後悔も、未練もないけど、ただ……ただ一つ、ベルとイーリアです。この子たちを残して逝かなければならないことが、とても残念でなりません。出かけるときはいつもいっしょだったから。でもね、心配はしていません。この子たちはいつもすばらしい人たちに囲まれて、大切にしてもらってるから、これからもきっと幸せに暮らしていけると信じています。どうかこの子たちのこと、よろしく頼みます。私の、忘れ形見です。シッポの生えた天使です。いつか、庭の片隅で、この子たちに再会できる日まで、私はずっと待っています。そしてみなさんのことも、いつも見守り、応援しています。みなさんから受けた親切や思いやり、友情や愛情、決して忘れません。灰になっても、このご恩は忘れないでしょう。どうぞ、体に気をつけて、元気でいてくださいね。またいつか、どこかでお会いしましょう。じゃあ……行ってきます。さよなら、ベル、イーリア。バイバイ。待ってるからね。愛してるよ」

涼介がテープを止めた。

みな何も言わず黙っていたが、今井さんがつらそうにため息をつき、ポツリと言った。

「寂しすぎるわ、こんなこと」

その夜、眠れずにいた涼介は、涼しい風に当たろうと庭へ出た。

ふと、気配を感じた。あたりを見まわした涼介は、山村の姿を見つけた。山村は、庭の片隅に植えられた、きんかんの木に隠れるようにして肩を震わせていた。エリ子の灰を埋めることになっているその場所で、山村は静かに泣いていたのだ。涼介は、音を立てないよう気をつけて、家の中へ戻った。

今エリ子は、リビングに置かれた棺に納められていた。この棺は今井さんが特注したもので、棺の側面には鳩が飛び交い、死者を虹の中へと導いていく様が描かれていた。

エリ子の守りをしていた今井さんに、自分が交替するから休むよう言った。今井さんは「じゃあ少し寝かせてもらうわ。エリちゃんおやすみ」と言ってリビングから出ていった。

涼介は棺の前に座り込むと、静かな声でエリ子に語りかけた。

「エリ子。これですべて、満足しているのか？　愛する犬たちに看取られた魂は、今どこにある？　旅先から、俺にメールをくれたよな。『涼ちゃんありがとう。私はやっぱり女だった。涼ちゃんを愛する女だった』って。お前を抱いたあの夜のこと。お前にとっても、俺にとっても、大切な、意味のあることだった。まだ続けられると思っていたんだ。お前と、俺と、犬たちとの生活を。それに、お前はまだ聞いてないだろ？　俺の口から、愛してるって言葉を。それでも満足か？　最後の最後まで幸せだったか？　俺には、何度もうしろを振り返りながら、黄泉の国へと続く光の道を、寂しそうにトボトボ歩いてゆくお前の姿が見えるんだ。エリ子、せめて犬たちをここへ導いてくれ。そうすればお前の顔も、そんなに悲しそうには見えないかもしれない」

光の道を歩いてゆくエリ子は、今にも消えてしまいそうだった。振り返ったその瞳は寂しそうに見えたが、同時にどこまでも暖かく、そしてどこまでもやさしかった。

ベルとイーリアは、またしてもエリ子の匂いが感じられなかった救急車を、植え込みの中から見送った。ベルが立ち上がり、ブルッと身震いした。イーリアを見つめる。その目はこう言っていた。

「行こう。もうここにいても、お母さんは来ない」

イーリアも立ち上がった。そして二匹は小走りで、もう来ることはない公園を立ち去った。

二匹が辿り着いた先は海岸だった。最後にエリ子と夕日を見た、あの砂浜だ。だが、真夜中の海にエリ子の姿はなかった。

そしてベルとイーリアが次に向かったところはペンションだった。そこには車は何台か停まっていたが、エリ子の車はなかった。そのかわり、ペンションの玄関の脇にドッグフードの入った皿が二つ、山盛りになって置かれていた。ベルとイーリアは、ためらいもなく夢中になって食べた。そばには水も置いてあり、ドッグフードを平らげたあと、久しぶりにきれいな水を飲んだ。

元気が出たベルとイーリアは、自分たちがなすべきことを悟っていた。

〝うちに帰る。うちに帰ればお母さんがいる〟

先に動き出したのはベルだった。イーリアもすぐあとに続く。最後の最後で、二匹が目指した場所は朝霧だった。北のほうにそびえている、あの山を越える。

ベルもイーリアも長い間訓練を受けてきたため、犬の本来持っている野性というものは押さえつけられていた。しかし、今まさに本能を剥ぎ出しにして、それに従おうとしていた。家に帰るという、帰巣本能である。愛情を受けて育てられてきたからこそ、湧き出した本能であった。

ベルとイーリアは走った。息の続く限り走り、疲れたら休む。その繰り返しだ。北へ、北へ。辿り着いたその場所には、愛するお母さんが待っている。きっと。かならず。

朝から蒸し暑い日だった。今日、エリ子は荼毘に付された。

生前エリ子が希望していたとおり、形式ばった葬儀などは行わず、簡単なお別れパーティーを催しただけだった。

エリ子の遺骨と灰は、芝が敷きつめられた庭の片隅に友人たちの手で埋められた。きんかんの木が植えられている横で、その部分だけ芝が刈り取られていた。

エリ子の灰とともに、ベッドやソファからかき集めたベルとイーリアの体毛、そして写真が埋められた。

再び土がかけられ、その上から高麗芝を植える。そして最後に、エリ子が生前作らせていた白い石碑が置かれた。そこには、犬たちへのメッセージが書かれていた。

〝ここで待っています。愛し、見守り、導きながら〟

その後、何人かの友人たちは帰っていったが、山村夫妻と涼介、今井さん、それに京子は残っていた。有子がお茶を入れ、京子が配る。ハーブティーを飲みながら、エリ子の形見として、何かもらっていこうということになった。

「俺はあの絵をもらっていくよ」

山村が、指を差して言ったのは、リビングに掛けられている一枚の絵だった。その絵は、店によく来てくれているお客が描いた油絵で、ベルとイーリアが腹ばいになり、真ん中にいるエリ子が犬たちに絵本を読んで聞かせている絵だった。

「あら、いいわねぇ。エリちゃん、この絵気に入ってたから、きっと喜ぶと思うわ。私はね、エリちゃんが作ったパッチワークのキルトをいただくわ。ベッドカバーに使ってるやつよ」

今井さんが言うと、「私はこれ」だの「俺はあれ」だのと、みんな口々に言い出し、ワイワイ賑やかになった。

「先生は?」

と、京子が涼介に聞いた。

「俺? 俺は、ベルとイーリアをもらうよ」

「えっ?」みんな、一瞬間の抜けたような顔をした。

「だって、ベルもイーちゃんも、涼ちゃんが面倒見ることになってるじゃない」

有子が言った。

「ああ。もちろんそうだけど、俺が言いたいのは所有者をエリ子から俺に正式に名義を移して登録したいってことだよ。あいつらの血統書のことを考えれば、所有者死亡のままにするわけにいかないだろ? すごい血統書なんだから」

「そうだよなあ。あれだけの賞歴が載った血統書が泣くってもんだなあ。それに、予防注射の連絡票も、このままエリちゃん宛に届いちまうし」

山村が納得したように言った。

「お前が一番、いい形見をもらったな」

みんなが形見分けで妙に盛り上がっているのを見て、涼介は満足していた。エリ子もこの様子を、どこかからあきれた顔をして見ているのかもしれない。

「みなさーん。お料理の仕度ができましたよ。運ぶの手伝ってください」

京子が、注文していた仕出しの料理を運んできて言った。

「京子。お前はもういいから座ってろ。俺が運ぶからさ。頼むから休んでてくれよ」

京子の主人、豊が、大きくなった京子のおなかをいたわるように言って立ち上がった。

「そうよ。京ちゃん、ここに座ってなさい。あとは私たちに任せて」

今井さんもそう言うと、立ち上がってキッチンに入っていった。

エリ子は、赤ん坊の誕生を楽しみにしていて、ベビーベッドやベビー服、絵本などを京子にプレゼントしていた。京子にとってエリ子は、何でも話せる姉のような存在だった。そのエリ子が京子に、店長として営業を続けてほしいと頼んできたのは、四カ月ほど前のことだった。

土地や自宅、そして店の所有権などはすでにすべて今井さんが買い取り、名義も移っているので、正式な店のオーナーは今井さんだった。だからなおさら今井さんも、カフェの営業は絶対続けましょうと京子をかき口説いた。

だが、果たして自分は店長として、しっかり営業していけるのか、OLの経験しかない京子には不安だった。それに、店長になどならなくたって、ずっとこのカフェで働きたいと思っていたのだ。

が、そこは今井さんのうしろ盾がある。二人で協力してやっていけば、きっと大丈夫だからと、エリ子や今井さんに説得された。

「赤ちゃんが産まれるまでには、ベルとイーちゃん帰ってきますよね？」

京子がおなかに手を置いて言った。しばらくの間、沈黙が流れた。みんなが思っていた。ベルとイーリアは、大好きなお母さんへ最後のお別れもできなかったのだ。あの子たちはきっと、今でもお母さんが生きていると信じて捜しまわっているのだろう、と。

「きっと帰ってくるよ。かならず捜し出す。俺はそろそろ下田へ出かける」

沈黙を破って涼介が言った。

「そうだな。もう出たほうがいいだろう。俺もいっしょに行ってやりたいが、うちじゃあ今、犬たちの出産ラッシュだからなあ。悪いな涼介、頼むよ」

山村はそう言うと、涼介の肩を軽くつかんだ。

「分かってる。コールをいっしょに連れていくよ。何か嗅ぎつけてくれるかもしれない。今井さん、シーナのことよろしくお願いします」

サークルに囲まれたベッドの中で、大の字になって眠っているシーナを見つめて、涼介が言った。そして、そっとシーナに呼びかけた。

「シーナ、いい子にしてろよ。お前のお母さんを捜しにいってくるからな」

涼介は玄関までみんなに見送られ、コールといっしょに外へ出ると車に乗り込んだ。車内はムッとする暑さだった。

西のほうの空から、黒い雲が近づいてきていた。ひと雨きそうな空だ。通り雨だといいがと思いながら、涼介は昨日走ってきた道を、再び伊豆へ向けてハンドルを切った。

林の中を抜け出たベルとイーリアは、見覚えのある広い道路へ出た。道路に見覚えがあったわけではなく、道路を渡ったところにあるドライブインを覚えていたのだ。

そこはペンションに宿泊する日、エリ子と立ち寄った場所だった。

車に気をつけて道路を渡った犬たちは、ドライブインの中をあちこち嗅ぎまわったが、ここに目指すべきものがないと知ると再び山の中へ入っていった。

途中、小さな川で水を飲み、そのまま川の中を歩いていった。上流に向かって。川の中を歩くということは、体力を消耗することだが、地面には自分たちの匂いが残ってしまうが水の中には残らないという、危険を避けるための本能から生まれた知恵であった。

ベルが急に立ち止まった。耳の根元が持ち上がる。次の瞬間、駆け出したベルの前方には白い鳥がいた。水の音に驚いた鳥は、水面ぎりぎりのところを滑るように飛び、フッと空に舞い上がってしまった。

しかたないという様子で川の水をガブガブ飲むと、ベルは川から出て山のほうへ向かって歩き出した。腹が減っていた。このまま川の中を歩いていても、空腹を満たすことはできないと判断したのだ。山の中に入ったとき、パラパラと雨が降り出した。霧も立ち込め、昼間だというのに薄暗い。

ふと、何かの気配を感じた。ベルとイーリアはほぼ同時に、右手の茂みに何かいると感じて、ゆっくり近づいていった。すると黒い固まりが飛び出してきた。とっさに固まりを追ったイーリアは、前足で踏みつけるようにして押さえ込んだ。タヌキだ。が、どうしていいか分からない。ギャーギャーわめくタヌキに、ベルもイーリアもオロオロしながら匂いを嗅ぐだけだ。

タヌキのものすごい鳴き声に、イーリアは思わず前足を離してしまった。その途端、タヌキは茂みの奥のほうへ走り去っていった。

ベルもイーリアも、生きた動物を食べたことがない。ましてそれが食べものだなどと、思ったこともないのだ。それでも犬たちは、何か食べるものはないかと、鼻をひくつかせながら歩いた。

そのとき、ベルがぬかるみにうしろ足を取られ、バランスを崩して倒れ込んだ。そのままズルズルと滑っていったかと思うと、急に加速をつけて落ちていった。あわててイーリアが追いかける。

と、いっても、いっしょに滑り落ちたと言ったほうが正しいだろう。

ベルは、五、六メートルほど下にいた。体中泥にまみれて、ヒンヒン鳴いている。左目の下あたりが切れ、血が出ていたが、気になるのは右前足の肉球らしい。一生懸命に舐めている。岩か何かで切ったのだろう。やはり血が出ていた。

駆けつけたイーリアは心配そうに鼻を鳴らし、ベルの顔を舐めてなぐさめていたが、ふと何かの匂いを嗅ぎつけた。フンフンとあたりを嗅ぎまわり、そこで匂いの正体を見つけた。さっき捕えそこなった黒い固まり、そう、タヌキだ。だが、さっきのものとは匂いも違うし、このタヌキは死んでいる。

そっと前足でつついてみる。動かない。イーリアは鼻で押しながら、ベルのほうへ持っていった。ベルも匂いを嗅ぐ。そのタヌキの口元から漂う血の匂いに、自分が何をすべきか悟った。ベルは迷わずタヌキの喉にかみついた。これは、自分の空腹を満たしてくれる〝エサ〟なのだと理解したのだ。歯で、肉を骨ごとかみ砕きながらイーリアを見る。イーリアもようやく安心して、その肉に食いついたのだった。

かけらも残さず食いつくすと、ベルは大きくあくびをした。イーリアも緊張が解けたかのように、ブルッと体を揺すった。ベルのケガはたいしたことはなく、いつの間にか血も止まっていた。だが、少し痛みはあるらしく再び肉球を舐め始めたが、しばらくすると前足に顎を乗せ、スーッと眠ってしまった。イーリアもまた空腹が満たされ、ベルも無事だったことに安心してウトウトしていた。

小雨はまだ降り続いている。イーリアが小さく鼻を鳴らすと、ベルはゴロリと横向きになった。ベルの脇腹に、顔を埋めて眠りたがるイーリアのために。


沼津と三島は道が混んでいて、涼介はイライラしたが、中伊豆バイパスに入るとあとはスムーズだった。と、前を走る車の窓から、犬がひょこっと顔を出した。ラブラドールだ。

「クソッ。こんなときにやめてくれよ」

涼介は思わず口走った。今はドライブを楽しむ犬など見たくない。おまけに、犬に対する配慮なのか、やけにスピードが遅い。対向車が来ないことを確かめると、涼介は一気にその車を追い越した。バックミラーをのぞくと、ラブラドールはまだ窓から顔を出していた。楽しそうな顔で。


その男は、拾ってきた空缶を袋に詰めていた。

ここから歩いて一時間ほどのところに、空缶やペットボトルをリサイクルするために回収して加工をする事業所があるのだが、そこでゴミ袋一杯分、五百円で買い取ってくれるのだ。顔なじみになった従業員から、たまにタバコや菓子などをもらえることもあった。

この人気のない山の中で、男はテント生活をしていた。もう二年にもなる。だが、寂しいとか、この生活がつらいとか感じたことはない。もちろん初めの頃は、家族が恋しかったし、社会に出てまともに働きたいと思っていた。しかし今はもう何も考えずに生きている。ただ毎日を、息を吸って、吐いて、やり過ごすだけだ。

寂しいと感じたのは、捨ててきた元の生活に未練があっただけで、今はこの世にさえも未練などない。男は、死ぬために毎日生きているのだ。死のうと思えばいつでも死ねる。だが、このまま放っておいても長くは持たないだろう。長年続いた酒浸りの生活で、すっかり肝臓がやられていた。今さら酒をやめたって、もう遅いのだ。

空缶を売って得たわずかな金でカップ酒を一つ買い、テントでチビチビやるのが男の唯一の楽しみだった。

ずっと腰をかがめていたので痛くなった。立ち上がり、伸びをしようとしたそのとき、男の前に犬がいた。それも、大きいのが二匹。四メートルほど先にある、大きな岩の横に立って、じっと男を見ていた。

「しまった。野犬か」

男はつぶやいたが、ふと思い直した。

〝でも待てよ。あの犬たちは雑種じゃないぞ。一匹は、よく盲導犬とかになる犬で、何ていったかな。もう一匹は警察犬になる犬だ。そう、シェパードってやつだ。そんな利口な犬が野犬ってことはないだろう。それに、人なつこそうに見えるしなあ〟

男はぶつぶつとつぶやいていたが、

「どうした。何か用かい？」

と、話しかけてみた。

すると、黄色い毛並みをした犬のほうがシッポを振った。あの赤い染みは血だろうか。

〝野犬じゃない〟そう確信した男は、その場にしゃがみ込むと言った。

「よしよし、おいで。大丈夫だよ。ケガしてるんじゃないのか？　ほら、おいで」

励ますように言うと、犬は理解したかのように、男のほうに近づいてきた。シェパードはなかなか来ようとしない。黄色い犬は、男の前まで来るとちょこんと座り、人なつこい目で見つめてきた。

そっと頭を撫でてやると、うれしいのか男の顔をペロペロと舐めた。

「よしよし、いい子だ。目の下に傷があるけど、治りかけてるみたいだな。おい、よせって」

男が黄色い犬の左目の下にできている傷を見ていると、突然押し倒された。犬は執拗に舐め続けている。

「アハハハハ。分かったよ。分かったって。もういいよ」

男はゲラゲラ笑い、犬の体を抱きしめてさすった。いつの間にかシェパードも、男のそばへ来て足元の匂いを嗅いでいた。そして男の顔に近づくと、ヒゲの匂いを嗅ぎ、口元を舐め始めた。

「おい、お前もか。まいったな。こんなに慕われたのは初めてだよ」

男は、なにげなく口をついた自分の言葉にハッとした。

〝こんなに慕われたのは初めて　こんなに慕われたのは……〟

そうだ。今まで俺は、家族にさえこんな風に慕われたことはなかった。信用さえ、されたこともなかった。

思いがけず泣けてきた。誰からも相手にされず、見捨てられ、こうしてひっそり暮らしている男に対し、犬たちは全身で甘え、男を気遣うかのように涙を舐めてくれる。

誰かと、いや、血の通っている存在なら何者でもいい。何かとつながって、わずかばかりの米粒を分かち合い、ともに生きていけるような友が男はほしかったのだ。

たとえそれが、物言わぬ犬だったとしても。

男は、久しく笑ったことがなかった。だが今、毛むくじゃらの生き物に抱きつき、男は腹の底から笑っていた。

〝人生、捨てたものでもないな。俺だってまだ、笑うことを覚えている〟

そう思いながら男の顔は、泣き顔から笑顔へ、そして笑顔から泣き顔へとくるくる変わった。

「ところでお前たち、いったいどこから来たんだ？」

犬たちは舐めるのをやめ、行儀よく座った。

「野良じゃないよな。でも首輪もしてないし。家族とはぐれて迷子になったか。まさか山に捨てられたってことはないよなあ。お前たちほど立派な犬なら、引き取り手なんかいくらでもいるだろう。わざわざ捨てになんか来なくたってよ」

黄色い犬が、片方の前足を男の膝にちょこんと置いた。

「まあいいさ。俺はかまわないから、好きなだけここにいろ。少し休んでから行ってもいいじゃないか。これから会社で、役員会議でもあるわけじゃないだろ?」

黄色い犬は、もう片方の前足も男の膝に乗せると、そのまま伸び上がって男の顔を舐めた。シェパードも上体を伸ばし、いっしょになって顔のあたりを舐めてきた。

「よしよし、分かったよ。そうだ、お前たち腹は減ってるか? たいしたもんはないけど、何か食べるか?」

犬たちは、あきらかに〝食べる〟という言葉に反応した。突然立ち上がると、舌舐めずりしながらピョンピョンとジャンプしている。

「そうか。〝食べる〟か。他にはどんな言葉を知ってるんだ? よし、おいで。いっしょに何か食べよう」

犬たちは、うれしそうにシッポを振りながら、男のあとに続いてテントの中へと入っていった。


涼介が山内との待ち合わせ場所に着いたのは、七時を過ぎた頃だった。病院の駐車場である。

車から降りてあたりを見まわしてみたが、犬たちの姿はない。がっかりしていると、

「失礼します。明石先生でいらっしゃいますか?」

と、声をかけられた。振り向くと、そこには人のよさそうな大柄の青年が立っていた。

「ええ、そうです。救急隊員の山内さんですね?」

「はい。ペンションのご主人からいろいろ伺いました。あの犬たちのことで、何の関係もない僕が動きまわっているのは、変に思われるでしょうね。でも、自分でも分からないんです。どうしてあの犬たちのことが気になるのか。何とかしてやりたいと思う気持ちが、日に日に強くなっていくんです。大袈裟だと笑われるかもしれないけど、あの犬たちに会ったとき、僕は、犬たちと少し通じ合えたような気がしたんです。すみませんでした。出しゃばった真似をして」

山内はうなだれて言った。

「いいえ、とんでもないですよ。感謝しています。俺は、犬たちがいなくなった日から、夜もろくに眠れないんです。どんなに小さな情報でもいいからほしかったんです。それこそ、喉から手が出るほどにね。しかもあなたは、犬たちのことを心配して一人で駆けまわってくれていた。本当に、重ねて礼を言います」

涼介は頭を下げ、そして聞いた。

「それで、犬たちは?」

山内は顔を曇らせて言った。

「出てこないんです。救急車が入ってくれれば、すぐに駆け寄ってきたんですよ。それなのに今日は、一度も姿を見せないんです。ほら、あそこに公園があるでしょ? いつもあそこで救急車を待っていたんです。何カ所かにエサを置いてあるんですけど、そのまま手つかずなんです。こんなこと、考えたくないけど……」

「もうここにはいない、ということだね?」

山内は黙ってうなずいた。

「救急車が来ると、駆け寄ってきたんですよね？」

涼介が念を押すように聞く。

「はい。それで、運び出された患者の匂いを嗅いで、確認してたようです」

「犬たちにとってその作業は、職務と同じなんです。主人を捜すという仕事です。それを投げ出したということは、意味がないと理解したからだと思います。ここにいても主人は来ないということを、あいつらは理解したんだ。何年も高等な訓練を積んできた犬たちですからね、命令されなくても自分で考え、自分の判断で行動する。次に犬たちが行く場所。それは朝霧高原しかありません。あいつらの目的はエリ、いや、自分たちの主人に会うことです。その目的を遂げるために必要な手段、それは朝霧にある自分たちの家に帰ることですよ。間違いない。犬たちは朝霧に向かった」

涼介は断言した。

「実は、僕もそう思っていました。自分の家に帰ったんじゃないかと。でも、ここから朝霧までは、犬の足じゃあ何日もかかる。いくら本能があるとはいえ、ちゃんと方向を間違えずに帰れるでしょうか」

山内は心配そうに言った。

「分からない。でも俺は、あいつらを信じるし、エリ子、先日亡くなった犬たちの飼い主だけど、彼女がかならず、犬たちを朝霧へ導いてくれると信じています。彼女と犬たちの絆は、彼女が死んだ今でもつながっているんですよ」

涼介が言うと、山内も大きくうなずいて言った。

「そうですね、本当にそうですよ。僕もあの犬たちを信じます。彼女がうらやましいです、エリ子さんという人が。こんなことを言ったら、亡くなった人に失礼なのかな。でも、あんなすばらしい犬たちにこれほど愛されているエリ子さんが、とてもうらやましいです」

涼介は、何かを思い詰めた様子でこう言った。

「俺は、あの犬たちがうらやましい。ベルとイーリアが。ベルはラブラドール、イーリアがシェパードです。二人とも、女の子なんだ。俺は、いつも思っていたんです。ベルとイーリアは、いつだって幸せそうで、彼女から抱えきれないほどの愛情を受けて、信頼と絆で固く結ばれている。今でもね。彼女が亡くなる前に残していたテープは、ベルとイーリアに向けた愛しているというメッセージで締めくくられていた。最後の瞬間まで、彼女は犬たちのことだけを思っていたんです。俺は、ベルとイーリアがうらやましいんですよ。寂しくなるほどにね」

しばらくお互い、何も言わなかった。

「これからどうしますか?」

ようやく口を開いた山内が聞いた。

「もちろん捜します。おそらく犬たちは、山の中を抜けてくるでしょうね。こう広いと捜すのも大変だけど、家でじっと待ってなんかいられない。俺はしばらく休みをもらってるんでね、時間の許す限り捜してみます。車の中ででも寝泊まりできるし。それに今日は、俺の犬を連れてきてるんだ。元警察犬でね、ベルやイーリアといっしょに、同じ釜のメシを食った仲間なんだ。きっと見つけてくれる。山内さん、あなたには本当に感謝しています。いろいろとお世話になって、ありがとうございました」

涼介が頭を下げると、山内は首を振って言った。

「そんなこと、やめてください。それより明石先生、僕にも何か手伝わせてください。これっきりあの犬たちに会えないのはつらいです。僕はもう一度、あの子たちに会いたいんです。ベルとイーリアに。お願いします。それに僕は、明日から夏休みなんです。明石先生、僕の家に泊まってください。そして明日から、僕にお供させてください。お願いします」

山内の必死さに涼介は少しびっくりしたが、笑顔を向けて言った。

「分かった。ありがとう。じゃあ今夜から、本当にいいの？　泊まらせてもらって」

山内は涼介の手をギュッと握ると、うれしそうな顔でうなずいた。

「ぜひ。よろしくお願いします。ありがとうございます、先生」

涼介はニヤッと笑うと言った。

「ますますあいつらがうらやましいよ。あいつらときたら、本当に人間の忠誠心をあおるのがうまいんだからな」

「人間の、犬に対する忠誠心ですね」

山内が締めくくった。

「まず、自己紹介しようか」

テントの中では、パンの耳をもらって食べている犬たちに、男が話しかけていた。

テントの中は、意外とこぎれいにしてあった。決して広くはないが、窮屈というほどでもない。床には毛布が敷き詰められ、隅のほうにはカセットコンロが置いてある。

今、そのコンロの上には、キャンプ場から拾ってきた焼網が乗り、その上では魚がいい匂いで焼かれていた。すぐそばを流れる川で釣ったアユだ。

犬たちはたまらないという顔をして、口の端からよだれを垂らしていた。

「もう少し待てよ。生じゃ腹をこわすからな。俺がここに来て初めての客なのになあ、刺身でもごちそうしてやりたいところだが、何せこの生活だからな。勘弁してくれよ。ほら焼けたぞ。おい、ちょっと待て。ほぐして冷ましてやるから」

皿に魚を乗せ、はしでつつく男の脇から、顔を突っ込もうとする犬たちを肘で押しやる。

「おい、待て！」

その一声に、犬たちは顔を引っ込めるときちんと座った。ピクリとも動かない。

「ほう。たいしたもんだ。ちゃんとしつけられたんだな。でもよ、よだれが垂れるのだけは、しつけじゃ治らないんだな。ほらよ、食いな」

と、犬たちの前に皿を置いたが、なぜか食べようとしない。一匹で一皿だからダメなのかと思い、もう一つアルミの皿を取り出すとそちらの皿にも魚を入れて置いてやったが、期待のこもった目で男を見つめているだけだ。

黄色い犬が、片方の前足を上げた。何か合図を待っているようだ。

男は、昔テレビで見た、あるシーンを思い出した。盲導犬になる子犬を育てるボランティアが、犬の前にエサを置いて待たせるのだ。辛抱強く待った子犬は、次の一言でようやく食事にありつける。

「よし」

男が言ったとたん、犬たちは同時に魚に飛びつくと、うまそうに食べ始めた。犬たちの座っていた場所は、流れ出たよだれのせいでビチャビチャだ。

「ふーん。たいしたもんだよ。人間のガキだって、ここまで行儀よくないもんなあ」

男はパンの耳をかじりながら、感心したように言った。

食事が終わっても、犬たちはどこかへ行こうとはせず、男の膝に頭を乗せてすっかりくつろいでいる様子だった。

「そうそう、自己紹介しようと思ってたんだ」

男が思い出したように言った。

「眠っててもいいから話させてくれ。俺は、岐阜から来たんだ。高山っていう、有名なところだよ。名前は池田。池田考久っていうんだ。二年前、ここへ来るまでは大工をしていた。とは言っても、俺んとこは大雪が降ってなあ、冬場は仕事なんかないうえにこの不況だろ、会社は口減らしをしたんだ。リストラってやつだよ。俺は五十六だし、しょっちゅう酒を飲み過ぎちゃあ、仕事を休んだりしていたんだ。そんなもんだから、真っ先に俺の肩がたたかれたんだわ。女房はその一年前に出ていっちまって、それからは俺と娘の二人暮らしだ。母親じゃなく、俺といっしょにいてくれたってのに、俺は飲み代や遊ぶ金ほしさに借金しちまってな。ほんの二十万借りただけなのに、一年後には四百万になっていたんだ。取り立てが毎晩やってきた。電話は朝から鳴りっぱなし。しかも、娘の会社にまで電話して脅かしやがった。気の弱い娘は会社にいられなくなった。『恥ずかしくて行けない』と言ってな。会社を辞めた娘は、次の日出ていった。母親のところにな。俺は取り立て屋に言われるまま、自分の家を売って借金を返した。残った金は、全部飲み代とギャンブルで消えちまった。何にもなくなって体一つになった俺は、女房に会いにいったんだが門前払いでな。まあ、そうなるだろうとは思っていたんだが、娘にまで『あんたの顔は二度と見たくない。もう来るな』と言われちまったよ。友達も、そう何日も泊めちゃくれないし、俺になんか金も借しちゃくれない。こっちに金があるときは調子よく俺をおだててたくせに、無一文になったとたん、平気でツバを吐きかける。お前たちとは大違いなのさ、たいていの人間はな。こんな悔しい思いをするくらいなら、一生一人でいたほうがマシだと思ったんだ。それで岐阜を出て、静岡に来たわけさ。最初は駅前あたりをウロついていたんだが、俺みたいなホームレスが大勢いてな、やたらと話しかけてくるし、あれこれ詮索するし、あげくはここで寝るなら一日三百円ずつ払えときた。それが嫌で山に入ったんだ。だが、なかなか落ちつける場所はなかったよ。でもあるとき、あの会社を見つけたんだ。空缶を回収してリサイクルする会社だ。駅前生活してた奴らの中には、空缶集めをしてる人間が何人かいて、これが現金になるんだということを教えてくれたんだ。ここからは一時間くらい歩かないといけないんだが、会社のまわりには民家もあって、国道にも近いからな。会社の近くに住んでいればかならず人に見られちまう。おかしいだろ。ここまで落ちぶれているくせに、空缶集めをしている姿は見られたくないと思うなんて」

両側で寝そべる犬たちを撫でてやりながら話を続けていると、シェパードがムクッと起き上がり、テントの中をソワソワと回り出した。外へ出たいようだ。出口を探している。

「外へ出たいのか？　俺の話はもう聞き飽きたか」

池田は立ち上がると、出口を覆っているシートを開けてやった。

「お前も行くか？」

黄色い犬に聞くと、シェパードのあとから外へ出ていった。どこかへ行ってしまうのだろうと思っていた池田は、犬たちが排尿と排便を済ませ、再びテントに戻ってくるのを見て驚いた。

「お前たち、まだいてくれるのか？」

池田は心底うれしかった。思わず犬たちを抱きしめ、犬の顔に自分の顔をくっつけた。ほおに当たる犬の冷たく濡れた鼻が、たまらなく愛しいと思った。

犬たちもうれしそうに、池田の口元を舐めた。おもむろに黄色い犬がゴロンと横になり、腹をさらして見せた。四本の足は宙に浮かせている。シェパードも満足そうに、池田と黄色い犬を見つめていた。

「俺を、信用してくれるのか？　こんな俺を、お前は……」

涙が込み上げ、言葉に詰まった。

「ありがとう。ありがとうなぁ。よしよし、いい子だ。本当にお前たちはいい子だ」

池田はそう言いながら、犬たちの体を抱きしめた。

「さあ、あとはふとんに寝ころがって話をしよう。あーあ。昨日買ったワンカップ、飲まずに取っておけばよかったよ。今夜はいい酒が飲めたろうに、お前たちのおかげでさ。昔、俺が飼っていた犬は、お前たちほど利口じゃなかったけど、俺にだけはなついてくれてたんだ。可愛いやつだったよ。だが、予防注射をしてなかったせいで、ジステンパーにやられたんだ。脳にまでいっちまってな。まだ六歳だった。お前たちはいくつか知らないが、長生きしてくれよ。お前たちはきっと、自分らの主人が病人だろうが、知恵遅れだろうが貧乏だろうが、泥棒だろうが、生きている限り信頼して、主人を守るんだろうな。お前たちだって、飼い主にそうやって信頼されて守られてきたんだろうな」

ふとんに横になった池田に、犬たちはぴったりと寄り添った。

「お前たちのこと、きっと家族は捜してると思うぞ。こんなに利口で、気のきいてる犬はそうそういないからな。俺は絶対そう思うよ。お前たちを待っている人間がかならずいるって。だから……だから明日は帰れよ。本当はずっといっしょにいたいけど、やっぱり帰ったほうがいい。幸せになってもらいたいからさ。こんなにいい犬に育ててくれた飼い主だ、大事にしてくれてたんだろう。分かったか？　明日は帰れ。会いたいだろう。お前たちだって」

犬たちはただ、黙って聞いているだけだった。

「さあ、どうぞ。散らかってるけど遠慮しないでください。ほら、コールもだよ」

山内の借家はそれほど狭くなかったし、散らかってもいなかった。二DKだったが家具が少ない分、ゆったりした空間があった。玄関を入ると、すぐ右手に台所があり、左側にトイレと風呂場がある。台所を突っきった奥に六畳の洋間。その隣には、やはり六畳の和室がある。平凡な造りの借家だ。

リビングとして使っている洋間に涼介とコールが腰を下ろすと、山内がコーヒーを淹れてきてくれた。

「悪いんだけど、これに水を入れてもらえないかな?」

涼介は、バッグから取り出した犬用の皿を山内に見せて言った。

「コールの食器まで持ち歩いてたんですか。いいですよ。コール、ちょっと待ってて」

山内は台所に戻っていく。

涼介はコーヒーを一口飲んで、目を白黒させた。目が覚めるような濃いコーヒーだ。

皿に水を入れてきた山内がコールの前に皿を置くと、腹ばいになったままビチャビチャと飲むコールに、涼介が言った。

「そんなかっこうして。おい、水を撒き散らすなよ」

「ハハハ。気にしないでください。でも大きな犬ですねぇ。病院で見たイーリアは、もう少し小柄だったけど」

「ああ、やっぱり牡のほうが少し大きいね。こいつは四十二キロあるんだ。イーリアは三十キロくらいかな。コールとイーリアは夫婦なんだ。六匹の子供がいるんだけど、そのうちの女の子を俺の手元に置いてるんだよ。まだ二カ月だから外には出せないんだけどね。君は一人暮らしなのかい?」

「ええ。両親は雲見ってところで民宿をやっています。僕の仕事は不規則だから、一人のほうが気が楽なんです。それに、ここからのほうが職場も近いし。妹がいるんですけど、結婚して三島に行きました。そうかあ、イーリアには子供がいるのかあ。可愛いだろうなあ。コールもお父さんなんですね」

すっかりくつろいだ様子のコールを撫でながら、山内が答えた。

「君はいくつだい？　ずいぶん若く見えるけど」

ふと思いついたように涼介が聞くと、

「三十四です。明石さんは？」

「八だよ。三十八。エリ子は君より一つ下、三十三だった」

涼介はあらためて、三十三という若さを突きつけられた思いがした。

「恋人だったんでしょ？　明石さんとエリ子さんは」

山内がサラリと聞いてきたので、涼介も軽く答えてしまった。

「だいぶ前まではね。別れてからは、ずっといい友達としてつきあっていたんだ。俺は結婚を考えていたんだが、彼女はまだそこまでは考えていなかったんだ。自分の店を持って、犬たちと新しい生活を始める。そのことで頭がいっぱいだった。そして去年、その夢を実現させたんだ、朝霧高原に。俺は、いつかかならず、もう一度プロポーズしようと思っていた。ようやくそのときが来たかと思ったよ。彼女が旅行に出る前の晩、愛していると言ってくれたんだ。彼女が帰ってきたら、俺はプロポーズしようと思ってたんだよ。まさか死ぬなんて……」

涼介の苦悩は、山内にも痛いほど伝わってきた。だが涼介は、なおも続けた。

「でも、結局ダメだったろうな。ガンで長くないと分かっているのに、プロポーズなんか絶対承知するやつじゃないからね。誰かといっしょに苦難を乗り切るよりも、一人でその苦難と戦うようなやつなんだよ。見るからに負けず嫌いで、気の強そうな顔をしてる。あっ、見るかい？　写真を持ってきたんだ」

涼介は、バッグから薄いアルバムを取り出し、山内に手渡した。

「いいんですか、見ても？」

と、言いながらもすでに、アルバムをめくっている。

「あっ、ベルとイーリアだ。そういえば僕、昼間あの二匹を見たことないんだ。ベルは近くにきてくれて、頭を撫でさせてくれたから覚えてるんだけど、イーリアは離れたところにいたし、暗くて顔もよく見えなかったんです。目の光だけは覚えてますけど。あっ、これ下田ですね。いつ頃の写真だろう」

「七月十七日と十八日だよ、今年のね」

涼介が言った。山内は驚いた様子で顔を上げ、聞き返した。

「えっ？　じゃあこの写真はもしかして、エリ子さんが亡くなる直前の？」

「ああ。エリ子のバッグの中にカメラがあったんだ。それを現像に出したんだよ」

涼介は、ペンションでエリ子の荷物整理をした、あのときのことが思い出されて苦しくなった。

「きれいな人ですね。たしかに気は強そうだけど。犬たちもほら、笑ってるみたいに見えますよ。

これが本当のベルとイーリアなんですね」

山内は写真の中の犬たちを、食い入るように見つめて言った。

そう。この日、このときのベルとイーリアが本来の姿なのだ。あの夜、自分が見た犬たちは、寂しそうでただ哀れな犬だった。あの夜の犬たちは、この写真の中で笑っているベルとイーリアの抜け殻のようなものだ。主人を亡くし、不安と絶望の中にいたのかもしれない。どんなに心細かったろう。訴えかけるようなあのときの瞳が、今もまだ瞼に焼きついている。口もきけず、言いたいことを伝える術を持たない犬たちが、不憫でたまらなかった。山内は顔を上げると、涼介の目をしっかりと見つめて言った。

「かならず捜し出しましょう。僕は、この子たちに会いたい。そして、この写真に写ってるような笑顔が見たい。ねっ？　先生。きっと見つけましょうね」

右手を差し出す山内を見て、涼介は何も言わずその手を握ると、大きくうなずいた。


翌朝、池田が目を覚ますと、犬たちの姿はなかった。外で用足しでもしているのかと思い、テントから這い出した。

細かい、弱々しい雨が降っていた。少し肌寒い。

犬たちは、どこにもいなかった。

「行っちまったのか。まさか、夕べ俺が明日は帰れと言ったからか？　まさかなあ。でも、本当に行っちまったのか。どこへ？」

池田はしばらくその場で待っていたが、犬たちはもう戻ってこなかった。

池田は大きなため息をつくと、

「せめて朝メシぐらい食っていけばいいものを」

と、寂しそうにつぶやいた。テントに戻っても、何もする気がしない。切なくてたまらなかった。たった一晩、いっしょに過ごしただけなのに。

あの黄色い犬が、ここに引っくり返って腹を見せてくれたときの少し照れくさそうな大きな瞳と、宙に浮かせてゆらゆら揺れていた細い足が、池田の脳裏に焼きついていた。

「無事に帰れよ。無事に帰って、長生きしてくれ」

祈るようにつぶやいた池田は、夕べ犬たちが寝ていたふとんの上に、彼らの毛が何本も落ちているのに気がついた。その毛をかき集め、手のひらにそっと乗せてみた。何の重みも感じられない毛が寂しかった。夕べ、自分の体に寄り添って眠っていた、あの犬たちの重みが、今さらながら恋しかった。池田は空のマッチ箱を捜し出すと、大切に犬たちの毛を納めた。

「あんなこと言うんじゃなかった。帰れなんて言うんじゃなかった」

ポツリと言った。

マッチ箱をほおに当てると、少しぬくもりのようなものを感じた。そして唇に当て、池田は静かに泣いた。

涼介と山内は、今日の捜索に持っていくものを、それぞれのリュックに詰めていた。

「とりあえずエサと、それから首輪とリード。あとは、タオルもいるな。救急セットもだ」

涼介はそう言いながら、リュックをいっぱいにしていったが、山内はたいして荷物がないのでリュックもペシャンコだ。

「途中のコンビニで食料と飲み物を買って、僕のリュックに入れます」

山内が言った。

「よし、行こう。コール、行くぞ」

コールは待ってましたとばかりに立ち上がると、ブルブルッと身震いして涼介と山内のあとについて玄関を出た。

外は小雨が降っていたが、涼しくてコールの身を考えれば好都合だった。が、どしゃ降りにでもなって、匂いが消されはしまいかと、少し心配でもあった。

「午後には上がりますよ、雨」

山内が、涼介の心配を見越したように言った。

「ならいいんだけどね。雨が降ると匂いが消えちまうからさ」

涼介は病院へ向かって車を走らせながら言った。病院へ着くと、さっそくコールにビニール袋に入った布の匂いを嗅がせる。

「いいな、コール。ベルとイーリアを捜すんだ。今までで一番やりがいのある仕事だろ？」

ここ一週間ばかり雨が降らなかったせいか、コールはすぐに反応した。匂いを見つけたのだ。救急入口と書かれた、大きな扉のところへ涼介を引っぱっていく。

「ここですよ。僕があの子たちに会ったのは、たしかにここです」

山内が言う。

コールは、しばらく匂いを嗅ぎまわっていたが、やがて公園のほうに向かって進んでいった。姿勢を低くして、鼻を地面にくっつけるようにしながら、顔を上げずに進んでいく姿は、まさに警察犬だ。

公園の中をぐるぐる回ったあと、コールは公園を出て道路も突っ切っていった。涼介は納得した。そこは山の中へと入る入口だった。

「やっぱりな。山を抜けていったんだ。この山を抜けるとどこへ出る？」

山内に聞くと、沼津へと続く国道に出るという。

「よし、もうここはいいからその国道へ出よう」

涼介は言うと、車に引き返した。山内に道順を聞きながら、昨日自分が走ってきた国道へ出た涼介は、車の窓をすべて開け、コールのためにゆっくりと走らせた。ベルとイーリアの匂いを見逃させないように。

途中、何度も車を止め、道路の端から端までコールに匂いを嗅がせる。何の反応も示さないことがしばらく続いたが、ようやくコールが目標の匂いを捜し当てた。すでに病院を出てから二時間近くがたっていた。

そこはドライブインだった。コールはぐるりとひとまわりしただけで、ドライブインの裏手から山に入ろうとした。

「マテ」

涼介がコールのリードをキュッと引っぱった。そして山内に言う。

「ここから捜したほうがいいと思うんだけど、どうだろう?」

「それがいいですね。ここなら車も停めておけるし、食料と飲み物も仕入れることができる。ここから始めましょう」

二人は食料を買う際、「こういう犬を見かけなかったか」と店員に尋ねてみたが、見た覚えはないということだった。店員に、しばらく車を停めさせてくれるよう頼んだところ、快く承知してくれたので、涼介と山内はリュックを背負い、コールを従えて山の中へと入っていった。

雨は止んでいた。

四　遠いわが家

ベルとイーリアはこの日の朝、まだ薄暗いうちに池田のテントを出た。

そして、また川の浅瀬を歩き、北へ進んでいた。二匹は腹が減ると山の中へ食物を探しに入り、タヌキやモグラを捕まえて食べ、そして再び川の中を歩くという行動を繰り返していた。

川の水を飲み、ときどき生えている草を食べ、何度かうしろを振り返ってはイーリアの姿を確認しながら歩くベルも、高齢のためかかなり疲れていた。だが、定期的に受けている健康診断では、至って健康そのもので、食欲も旺盛だ。今も水鳥を捕まえようと、悪戦苦闘している。

そのとき、覚えのある匂いを嗅いだ。前方から漂ってくる匂い。それは、あのテントで食べた魚の匂いと同じだった。近づいていくと、そこには一組の男女がいた。釣りをする男を見ながら、女がキャンプ用のコンロで魚を焼いているところだった。気配に気づいた女が顔を上げた。驚きに目を見開き、男を呼んだ。

「お父さん。あなた、あれ」

と、指を差した。振り向いた男は、女の指が示すほうを見た。

「何だ、あの犬は。誰のだ?」

と、キョロキョロ見まわしてみたが、飼い主とおぼしき人間の姿は見えない。

犬たちは、川の中に黙って立っているだけだった。かしこそうで、何ともいえない魅力を持った犬たちだ。男はしゃがみ込むと、手を差し伸ばして言った。

「おいで」

その言葉を待っていたかのように、犬たちはバシャバシャとしぶきを上げながら、男の元へ駆け寄ってきた。そして、男の足元に体を押しつけてきたのだ。

「へぇ、可愛いなあ。ずいぶん人なつこいけど、おい、ご主人はどこだ？　お前たちだけってことはないだろう？」

ふと男は、ラブラドールの目の下に、傷があることに気づいた。他にケガはしていないかと体中を見てみたが、どうやら顔の傷だけらしい。それも小さい傷で、血の跡は残っていたが、出血はしていない。

「おい、お前はどうだ？」シェパードの体も調べてみたが、こっちの犬は大丈夫そうだ。

それにしても、飼い主はどこにいるんだ？　この犬たちは首輪もしていないし、体中ドロドロだ。まるで脱走してきたみたいだ。

杉山というその男は、しばらくその場に突っ立ってあたりの様子をうかがっていたが、妻の奈々江の声にハッと我に返った。

「あなた、こっちに上がってきたら？　私にもワンちゃん触らせてよ」

「ああ、今行くよ。ほらおいで。腹は減ってないか？」

杉山は犬たちを、川岸にある自分たちのキャンプまで連れていった。

「早く早く。おいでワンちゃん」

奈々江が犬たちに呼びかけ、待ちきれない様子で両手を広げた。二匹の犬はその手に頭をすりつけ、ペロペロと舐めた。

「可愛いわあ。ずいぶん汚れてるし、それに臭いけど、でも可愛いから許しちゃうわ」

奈々江は服が汚れるのもおかまいなしに犬たちを抱きしめ、顔中舐められて喜んでいる。

杉山夫妻には、二年前までグレートデンという大型犬がいたのだが、老衰のため十四歳で亡くなってしまった。大型犬で十四歳まで生きられれば長生きしたほうだろう。大往生だといえる。だが、奈々江は落ち込み、毎日泣き暮らし、食事も満足に摂れない日々が続いた。三カ月ほどたった頃、亡き愛犬の納骨を済ませ、犬が使っていたたくさんの持ちものを片づけ、アルバムの整理をしているうちに、自分自身の気持ちも整理できたようだった。

犬が人間に与える影響というものは、それほど計り知れないものだと、杉山は身にしみて感じたものだった。

「ねえ、あなた。この子たちおなか空いてるみたいよ。目がお魚に釘づけなの。何か食べさせてやってもいい？」

「ああ。食わせてやれ。昼にはまだ早いが、肉も焼いてやってくれ」

杉山はそう言いながら犬たちのそばに歩いていくと、クーラーボックスから水の入ったペットボトルを取り出し、紙皿に注いでやった。その様子を見ていた犬たちは、申し合わせたかのように同時に座った。

「そうか。マテができるんだな。ほら、ヨシ」

杉山が言うと、犬たちは紙皿に顔を寄せたが、がっかりしたように立ち上がってしまった。

「水なんか飲みたくないのよねぇ？　こっちのほうがいいに決まってるでしょ」

奈々江は勝ちほこったように言うと、肉と魚を乗せた皿を犬たちの前に置いた。

「マテ」

犬たちは行儀よく座り、しっかり奈々江の目を見つめている。

「ヨシ」

すかさず皿に飛びつくと、二匹ともうまそうにガツガツと食べた。

「お利口ね。この子たちは、いったいどの程度のしつけをされてるのかしらね」

奈々江が考えながら言った。

「試してみようか？　フォルトのときみたいに」

杉山が言ってみた。亡き愛犬フォルトは、四カ月間知り合いの訓練所に預けられていたのだが、家に帰ったとたん、だだっ子に戻ってしまった。家に帰っても訓練をさせなければいけないのだが、フォルトべったりの奈々江が甘やかしてしまったのだ。

「そうね。あの子と同じくらいお利口かしらね」

奈々江は、どこかウキウキした様子で言ったが、

「でも、食後すぐはダメよ。おなか痛くなるといけないから」

杉山は何か嫌な予感がした。奈々江がこの犬たちを連れて帰りたいなどと言い出すのではないか

と。飼い主が現れてくれないかと、杉山はもう一度あたりを見まわしたが、やはり自分たち夫婦と二匹の犬以外何も見えなかった。

池田は、空缶の入ったビニール袋を足元に落とし、さてどうしたものかと考えあぐねていた。リサイクル業者の事業所まで、汗まみれになってようやく辿り着いたのだが、入口のゲートが閉まっていて、夏休みのため今週いっぱい休業するという旨の貼り紙が貼られていたのだ。

池田が頭にきたのは、八月にも盆休みで一週間休業すると書いてあったことだ。

「いい気なもんだ。二回も夏休みがあるのか。こっちの苦労も知らねぇで」

このままこうしていたって金はもらえない。かといって、このいまいましい空缶を一時間も担いで帰る気にもなれない。そこで池田は、この近くで人目につかないところに空缶を隠しておいて、来週の月曜日にそれを業者に持っていくことにした。

しかし、隠すといっても適当な場所がない。その辺に置いていったら、誰かに持っていかれてしまうかもしれない。だから埋めることにした。長い草が生えているあたりの土を足で蹴ってみた。比較的柔らかい。これなら掘れそうだ。

池田はしゃがみ込むと、素手で土を掘り始めた。が、二十センチほどの深さのあたりから、だんだんと土が固くなってきた。

「ちきしょう。スコップでもあればなあ」

池田は文句を言ったあと、はたと思い出した。

このあたりの山には、タヌキやらイノシシなどが出る。業者のところでも、食物を漁りにきたタヌキなどが、車にはねられて死んでいるのを見つけたりすると、会社の裏手にある山に埋めてやっていた。池田も何度か、タヌキの埋葬を五百円で頼まれたことがあったのだが、そのとき、倉庫にスコップがあるからそれを使ってくれと言われたのを今思い出したのだ。

「そうだった。倉庫から借りてこよう。しかし鍵は開いているのかなぁ」

池田は手に付いた土を、両手をこすり合わせて落としながら倉庫に向かった。鍵は開いていた。うっかり忘れたのか、たいしたものは入っていないのでいつも開けっぱなしになっているのかは分からないが、池田にとっては大助かりだ。

薄暗い倉庫の中で、なかなか見つからないスコップを探すことに夢中になっていた池田は、人の気配にまったく気づかなかった。誰もいないと信じきっていたので、人に見つかるなどという心配すらしていなかったのだ。

「おい、そこで何をしてる」

突然の怒鳴り声に、池田は驚いた。その拍子に腕が何かに当たり、それが倒れてけたたましい金属音が鳴り響いた。

「誰だ。こっちに出てこい！」

その声の主は、池田も何度か会ったことのある、この会社の社長だった。恐る恐る振り向き、池田は顔を上げた。

「お前か。何をしてるんだ、ここで。盗みに入ったんだな？　休みで人がいないのをいいことに。

で、何を盗った？　全部ここに並べてみろ。ポケットの中のものも全部だ」

社長は、顔を真っ赤にして怒鳴った。

「い、いいえ社長さん。俺は……私は何も盗っちゃいません。ただ、あのう、ス、スコップをお借りしようと思っただけなんです。本当です。俺の、私の事情も聞いてください」

池田はすっかりうろたえて、口ごもりながらも必死で説明しようとした。

「浮浪者の事情なんぞ、聞く耳持たんわ」

社長は池田に詰め寄ると、胸ぐらをつかんで外へ引っぱり出した。

「さぁ、早く出せ。ポケットに入ってるもの、全部出してここに並べろ。早くしろ！」

池田は、何も盗んでいないことを証明するため、ポケット一つひとつをすべてまさぐり、中に入っているものを全部出すと、言われたとおりコンクリートの地面に並べていった。社長はそれを一つずつ見ていったが、会社から持ち出されたものがないことに、かえって腹を立てた。

「どこかに隠したんだな。なんて奴だ。盗んだものを隠すためにスコップを探してたんだ。えっ？　そうだろう」

「違います。本当に何も盗んじゃいないんです。ただ俺は空缶を……そっ、それは違います。それは俺の……」

池田が弁解しようとしていたそのとき、社長がヨレヨレのマッチ箱をつまみ上げた。犬たちの毛をかき集め、大切にしまったあのマッチ箱だった。

「何だ、この汚らしい毛は」

社長は興味なさそうにマッチ箱を投げ捨てようとしたが、そこで池田の怒ったような険しい顔に気がついた。

「ふん。どうやらお前にとっては大事なものらしいな。こんな薄汚れた毛のどこがいいんだ。まあ、お前にはお似合いだろうよ」

せせら笑うと、胸のポケットからライターを取り出し、おもむろに火を点けた。

「やめろ！　それだけはやめてくれ」

「俺に命令するな。世の中の粗大ゴミめ」

社長は憎々しげにそう言うと、マッチ箱に火を近づけた。犬たちの毛は、一瞬で燃えあがった。そして、息を吸う間もなく真っ黒にすすけてしまった。

「この野郎、よくもやりやがったな。返せ。それを返せ」

池田はマッチ箱を取り返そうと、社長の腕をつかんで叫んだ。

「触るなこいつ、開き直りやがって。頭もイカレてるのか？　薄汚い毛ぐらいのことでムキになりやがって」

社長はののしりの言葉を吐きながら、つかまれた腕を振り払おうとした。

「薄汚いだと？　お前なんかに分かるもんか。お前みたいな人間より、この犬の毛一本のほうが、よっぽど価値があるんだ」

池田は声を荒げて言うと、社長の手からマッチ箱をひったくるように取った。そのとき、社長の体がバランスを崩し、よろめいた。そして、倉庫から転がり出ていた竹ぼうきを踏んづけ、足を滑らせた。そのまま体を立て直すことができず、とうとううしろ向きに倒れてしまった。まるでスローモーションのように、池田には社長の表情が変化していく様がはっきり見えていた。

〝ガツッ〟鈍い音がした。

社長の目は大きく見開いたままで、喉の奥から絞り出すように「ウー、ウー」と唸っていた。池田は動けなかった。どうしていいか分からない。

社長の唸り声が、ピタリと止まった。だが、見開いた目はしっかりと池田をとらえているようだ。

「俺の犬をバカにするからだ」

池田はそう吐き捨てるように言うと、手の中でつぶれてしまったマッチ箱を見つめた。マッチ箱の中には、もう犬たちの毛はなかった。風にでも飛ばされてしまったのだろう。

「なくなっちまった。本当に、もういなくなっちまった。これは、俺の大切なものなんだ。お前には分かるまい。俺をなぐさめてくれた、俺を信用してくれた、誰かと心を通わせることがどんなにすばらしいことかを初めて俺に教えてくれた、しっぽをつけた天使が残していった置きみやげなんだ。お前ごときが触れるもんじゃない。お前なんかに触られたら、それこそ汚れるってもんだよ」

池田は地面に並べたものを全部ポケットへ戻した。そして最後にボロボロになったマッチ箱を胸のポケットに入れると、その上からやさしく手で押さえ、語りかけるように言った。

「ごめんよ。こんなことになっちまって。勘弁してくれよな。さ、帰ろう」

歩き出した池田は、ふと足を止めると、うしろを振り返ってみた。

そこには、人を殺したという現実が横たわっていた。

陽が西に傾き始めた頃、杉山と奈々江はキャンプ用品の片づけに取りかかった。

「とうとう来なかったな」

杉山が言うと、奈々江もあたりを見まわし、うなずいた。

夕方まで待って飼い主が現れなければ、この犬たちを連れていこうと決めていた。こんなところに置き去りにするわけにはいかない。

昼食を済ませたあと、杉山は犬たちがどこまでしつけられているのか確かめてみた。フォルトを預けていた訓練所の所長に教わったやり方で。

完璧な優秀犬だった。脚足行進はもちろん、脚足停座、物品持来もすばらしかった。マテをさせればいつまでもじっとしている。しかも、飼い主でもない杉山の命令をうれしそうに聞いてくれるのだ。フォルトなど、この犬たちに比べれば幼稚園児並だ。

杉山は当初、飼い主が現れてくれることを願っていたが、今はその気持ちも弱くなってしまっていた。このまま手離したくないという気持ちのほうが、ここ二時間ほどで強くなっていたからだ。

犬たちは疲れてしまったのか、今はパラソルの下で寄り添うように眠っている。

いったい、この犬たちに何があったのだ？　これほど従順で、しかも高等教育を受けている犬が、主人のそばを離れたりするだろうか。もし、何らかの理由で離れざるを得なくなってしまったのなら、しきりにあたりを気にしたり、どこかに主人はいないかと、あっちこっち捜しまわるはずだ。

しかし、この犬たちにそんな様子は見えなかった。だとすれば、この犬たちは初めから二匹で行動していたということか。いったいどうしたのだろう。首輪もしていないし、ずっと山の中を歩いていたみたいにドロドロで、肉球からも血がにじんでいる。犬たちの身に、いったい何があったのだ？　ともかく、このままにはしておけない。

「この子たち、長野を気に入ってくれるかしら。それにお母さんね、ビックリするわよ、旅行から帰ったら、こんな大きな犬が二匹もいるなんて」

　奈々江が楽しそうに笑い、あとを続ける。

「でも、私より犬好きだもの、きっと大喜びするはずよ」

「ああ、そうだな。俺はさ、考えたんだけど、こいつらをムショに連れていこうと思ってるんだ」

　杉山は、川でバーベキューの鉄板をゴシゴシ洗いながら言った。

「刑務所に行って何するの？」

　奈々江がいぶかしげに聞いた。

「仕事を頼むのさ」

　奈々江はますます訳が分からないという顔になった。

「仕事？　その子たちに？　受刑者を追いまわしてランニングさせるとか？」

「それもいいかもしれないが、ちょっと違うんだな。実はね、セラピストになってもらうんだよ、受刑者たちのさ。ボランティアでね」杉山がニヤッと笑った。

　奈々江は、理解したというようにうなずくと、

「分かった。アニマルセラピーね？　そうね、この子たちならやれるかもしれない。うまいこと考

えたわね」

杉山は、長野県にある刑務所で所長をしていた。昨日から夏休みを取り、この伊豆でキャンプをしていたのだ。

杉山光弘は、今年で四十八歳になったが、歳よりだいぶ上に見られる。それに比べ、奈々江は四十三歳だが、年齢よりずっと若く見えた。したがって二人は、よく年の離れた夫婦に見られてしまうのだったが、杉山にはそれがおもしろくなかった。

二人に子供はなく、奈々江の母親と三人で暮らしている。その母親というのもまた若々しい老婦人で、奈々江がそのまま歳を取った感じだ。今回のキャンプにも誘ったのだが、社交ダンスのメンバーと草津温泉に行くのだと言って断られてしまった。

仲のいい家族で、長い休みが取れたときはいつもこうして旅行するのが常であった。今回は夫婦水いらずとなったが、それもまたのんびりできていいものだ。

刑務所の所長というのは、転勤がやたらと多い。長野にやってきたのも今年の四月だった。

杉山たちはいつも、赴任先の土地やその近隣にある観光地などを旅行したり、あるいはキャンプをしたりすることを楽しみの一つとしていた。

「俺たちでさえこんなに癒されるんだ。ボロボロになってしまった受刑者たちの心には、この犬たちの存在は大きな何かを残してくれるだろう。きっとだ」

杉山は、奈々江の肩に腕を回して言った。

「きっとね」奈々江も、回された杉山の腕をポンとたたいてうなずいた。

杉山たちがキャンプをしていた場所はすっかり片づき、今は西日の強い光が当たっている。石ころを見ているだけで目がチカチカする。

「お前たち、ドライブは好きか？　さあ行こう。車に乗るんだ」

杉山は、４ＷＤの後部ドアを開け、シートをポンポンとたたいた。ラブラドールは、チラッとシェパードに目をやると、ピョンと飛び乗った。シェパードもそのあとに続いて乗ったが、どこか落ちつかない様子だった。

「よし、いいか。窓から乗り出すなよ」

杉山はゆっくり車をＵターンさせ、砂利がゴロゴロしている河川敷を進んでいった。後部座席で犬たちは、朝、自分たちが歩いてきた川の下流をじっと見つめていた。


涼介と山内は、あまりの暑さに何度も休憩をとりながら、山道を歩いていた。雨上がりのあと強い日差しが戻ってきたため、蒸し風呂のような暑さだ。

きっと登山道のようなものもあるのだろうが、コールがどんどん山の奥へ入ってしまうので、コールの鼻が頼りの涼介たちは、そのあとに付いていくしかないのだ。

「明石先生、登山の経験は？」

うしろを歩いている山内が聞いてきた。

「ないよ。登山どころか、スポーツも苦手でね。子供の頃、かけっこはいつもビリだったし、飛び箱も五段がやっとだった」

「へぇ、意外だなぁ。医者って、スポーツやらせてもうまいのかと思ってた。僕は先生の逆です。体育以外はほとんど一か二でした。そのかわり、スポーツは何でもやりましたね。高校も大学も、スポーツ推薦で入れたようなもんです。バスケットをやってたんですよ」

涼介がしゃべるのもやっとでゼーゼーいっているのに、山内は息も乱さず話しかけてくる。たいして歳は違わないのに、この体力の差はなんだ？

そのとき、コールが「ワン」と吠え、山の斜面を駆け下りていった。涼介と山内は顔を見合わせると、急いでコールのあとを追った。コールは河原にいた。そこで、あたりの匂いを嗅ぎまわっている。涼介は周囲をぐるりと見まわしてみたが、犬たちの姿はどこにもなかった。

「コール、捜せ」

涼介の命令に応えようとするかのように、コールは地面に鼻を寄せて捜しまわっていたが、やがて川の中をじっと見て首を少し右に傾げた。何かを理解しようとするときのコールの癖だ。

「ワン、ワン」

今度は二回吠えた。何か目標を見つけたときにしかこのようには吠えない。そう訓練されているのだ。間違いない。ベルとイーリアはここに来たのだ。そして川に入った。だが、対岸に河川敷はなく、山の岩肌が剥き出しになっているだけだ。

だとすれば、ベルとイーリアは川の中を歩いていったということだ。朝霧に帰ろうとするならば北だ。

「先生、上流に行ったんですよ」

山内も結論に達したようだ。

「よし、行こう」

涼介は歩き出そうとしたが、山内が呼び止めた。

「先生、あせっちゃダメですよ。もう昼を過ぎてるし、休憩するべきです。それにコールだって、少し休ませたほうがいいんじゃないですか？」

山内の言葉に、涼介はどんなに自分の気があせり、視野が狭くなっていたかに気がついた。暑さに弱いコールは舌をダラッと伸ばしながらも、なお匂いを捜して進もうとしている。涼介が休めと言わなければ、コールは倒れるまで歩き続けてしまうのだ。

「そうだった。ごめんよ、つい気があせって。メシにしよう。コール、おいで。水を飲むんだ。ヤスメだよ」

ドライブインで買ったのり巻きやサンドイッチを食べ、一時間ほど休憩をとった涼介は、

「あー。なんか生き返った気分だ。このあともがんばろうって気になるね」

と、タバコを吸いながら、満足そうに言った。

「でしょう？　休むときには、しっかり休まないとダメなんです」

山内はゴミを片づけながら言った。

「はい、先生。では、もう出発してもいいですか？」

と、涼介がとぼけた口調で山内に聞く。

「はい、どうぞお大事に」

山内もまた、とぼけた調子で合わせた。二人は同時に吹き出し、ゲラゲラと笑った。

「アハハハ。俺、いつもそんな感じで患者さんに言ってるよ」

涼介が笑いながら言うと、

「僕もたまに言いますよ。患者さんを病院に引き渡すとき」

と、同じように笑った。

「君といっしょにいると、なんだか元気が出てくるよ。よし、行こう。コール、ほら嗅いで」

涼介はビニール袋の中からタオルの切れ端を取り出すと、コールに嗅がせた。ベルとイーリアが使っていたタオルだ。

「よし、捜せ」

二人と一匹は、川岸を上流に向かって歩き出した。

「ここを、どんな気持ちで歩いたんでしょうね。エサはどうしてたのかな。夜は真っ暗だろうし、心細かったでしょうね」

山内が、犬たちをいたわるように言った。

「ああ。あいつらは、人の手からしか食べものをもらったことがないからな。動物を殺して食べるなんてこと、できるんだろうか。でも、空腹の限界を超えれば、あるいは動物を殺してでも食欲を満たそうとするかもしれない。いずれにしても、二匹がいっしょにいれば大丈夫だろう。あいつらは、お互いを守り合うはずだから」

涼介の言葉に山内も「そうですよね」と、小さな声で言った。

そのとき、コールが急に右のほうへ進路を変え、グイグイ引っぱり出した。涼介と山内は顔を見合わせ、互いの顔に緊張が走るのを見てとった。涼介はコールのリードを外してやった。ピンと張りつめたゴムが切れたように、コールが飛び出していく。涼介たちも、必死でそのあとを追った。

川は右手にカーブしていた。そのゆるやかなカーブを曲がったところに、みすぼらしいテントがあった。青いシートには、ところどころ破れて直した跡がある。

「ワン、ワン」

コールが二回吠えた。ここにベルとイーリアがいるのか？　いや、いるわけがない。いればすぐに出てくるはずだ。いるのではなく、いたのだ。

「コール、マテ」

涼介は、ゆっくりとテントに近づいていった。砂利を踏む音がザクザクと鳴る。テントの前で足を止めた二人は、出入口らしい隙間をのぞいてみたが、人の気配はしなかった。

「どうしたもんかな」

と、涼介が言ったとたん、コールが低い声で唸り出した。コールの視線を追った涼介は、いつからそこにいたのか、いかにもホームレスという感じの男が、棒きれを持って立っているのを見た。

コールが、武器を持った犯人に対し、姿勢を低くして身がまえた。男は、大きなシェパードに攻撃体勢に入られ、棒きれを振り上げることもできずにいる。

「コール、ヤメ」

コールはそのまま伏せの姿勢になったが、喉の奥ではまだ唸り声が響いている。

「すみませんでした。驚かすつもりではなかったんです。僕たち、犬を捜しているんです。何かご存知のことがあれば、お聞きしたかっただけなんです」

山内が頭を下げて言った。

「犬？　犬か。二匹の犬か？」

男が大きく目を見開いて言った。

「そうです。一匹はこいつと同じシェパードで、もう一匹はラブラドールレトリーバーです。写真があります。見てもらえますか？」

涼介はポケットから写真を取り出すと、男に差し出して見せた。男は、手を震わせて写真を受け取った。食い入るように見つめているうちに、男の目から涙がみるみるあふれてきた。

「ご存知なんですね？」

山内の問いに男は答えなかったが、写真に写る犬たちをすり傷だらけの手でやさしく撫でた。

「あいつらを捜してくれているのか。そうか、そうか。ありがとうございます」

男はそう言うと、顔をクシャクシャにして泣き、写真を胸に抱き寄せた。涼介と山内は顔を見合わせ、互いにうなずくと、もう一度男に向き直って言った。

「見たんですね？　その犬たちを」

涼介が、ゆっくりした口調で聞いた。

「ああ、見た。一晩、俺んとこへ泊まっていってくれた。他にもいろいろな、なぐさめてもらった。いい犬だ。本当にあれは、いい犬たちだ」

男は、涙を拭おうともせずに言った。

「いつですか？　それは」

山内が聞いた。

「夕べだよ。俺が、明日は帰れよって言ったんだ。きっと捜してる人間がいるはずだからって。そうしたら、今朝起きたら本当にいなくなってたんだ。あいつら、本当に行っちまったんだ。帰れなんて言うんじゃなかった」

そう言って男は、胸のポケットからヨレヨレになったマッチ箱を取り出した。涼介は、男がタバコをほしがっているのかと思い、タバコを一本、抜いて渡した。男はそれを口にくわえると、マッチ箱を開けた。黒く汚れているだけで、マッチなど一本も入っていない。涼介は火を点けてやった。

男はひと息吸い込むと言った。

「ここに、犬たちの毛を入れていたんだ。ふとんからかき集めた、この犬たちの毛だよ。宝物にしようと思ったんだ。なのに、あそこの社長が……あの男、焼いちまったんだ。こいつらの毛を、汚らしいなんて言いやがった」

男はひざまずき、地面に顔を押しつけて嗚咽した。そのうちに、額を地面にたたきつけた。何度も。びっくりした涼介と山内は、男を抱き起こし、肩を支えて座らせた。涼介が聞いた。

「大丈夫ですか？　何てことするんです。犬のことで何かあったんですか？」

「俺は、俺はとんでもないことを……。もうおしまいだ。どうすりゃいいんだ。こんなことになるなんて。こんなことになるなんて」

男は泣きながら、首を激しく振った。

「どうしたんですか？　僕にできることがあればお手伝いしますよ。何かあったんですか？」

涼介がなおも聞く。そのときコールがそっと男に近寄ると、男の傷だらけの手を舐めた。

男はコールの背中に手を回し、コールの首に自分の顔を押し当てると、しゃくり上げながら言った。

「人を……殺した」

「えっ？」

涼介と山内は、同時に聞き返した。「人を殺した」と聞き間違えたと思ったのだ。

「俺は、人を殺しちまったんだ。そんなつもりじゃなかったのに……」

「まさか」

山内が言い、涼介の顔を見た。涼介は、この男の言っていることが信じられない様子で、きょとんとした顔をしている。

「人を殺した？　今、そう言ったんですか？」

涼介が、男の顔をのぞき込んで聞いた。男は顔を上げると、コールにしがみついたままゆっくりとうなずいた。そして言った。

「ああ。殺しちまったんだ。俺はただ、スコップを借りようと思っただけなんだ。なのにあの男は、犬たちの毛を汚らしいって言ったんだ。俺が宝物にした、あの犬たちの毛を燃やしちまったんだよ。どうしてだ。どうして俺は、いつもいつも、大事なものをなくしちまうんだ。ちくしょう。ちくしょう」

絶望と喪失感に押しつぶされて泣く男に、コールはなぐさめようとするかのように、男の肩に前足をかけ、涙にまみれた顔を一生懸命に舐めた。

誰も、何も言わなかった。ただ男の嗚咽だけが聞こえていた。やがてその嗚咽も、だんだんと小さくなり、細く長いため息とともに終わった。

「話してみてください、最初から。僕たちにできることがあるかもしれない」

涼介は、男の背中をたたいて言った。

男はうなずくと、ゆっくり顔を上げ、涼介と山内、そしてコールを見まわした。何からどう話したものか考えあぐねた様子で、口を開いては閉じ、パクパクとさせていたが、やがて犬たちのことから話し始めた。

だが、男が真っ先に口にした言葉は、「犬たちの名前を教えてくれ」という問いかけだった。

それから一時間あまり、男の話は続いた。途中、涼介や山内が二、三の質問をしたが、ほとんど男が話し続けていた。その話はまるで、他人の身に起こった出来事を話して聞かせているようだった。すべて話し終わった男に、涼介が聞いた。

「それで池田さん、その社長は今もそのままなんですか?」

「ああ、たぶんな。今週いっぱいは夏休みだっていうから。でも、会社に行くことを家族に教えてあれば、誰か捜しにくるんじゃないかな」

そう答える池田の口調は、どこか淡々としていた。

「池田さん、僕は警察に行くべきだと思いますよ。あなたは警察に行って、被害者やその家族のために、そしてあなた自身のために、すべてありのままの事実を話すべきです」

涼介の言葉に山内もうなずいて言った。

「僕もそう思います。行くときは、僕たちも一緒についていってあげますから、ねっ先生？」

涼介もうなずく。

「分かってる。俺も自首しようと思っていた。逃げまわる気も、根性もないしな。社長の奥さんには、申し訳ないことをしたと思うよ。いい人なんだ、やさしくて。よくいろんなものを恵んでくれたよ。子供が一人いてな。小学生の男の子なんだけど、これが犬よりしつけができてない坊主でなあ。あの子から俺は、父親を奪っちまったんだよな。最低だよ、俺は。人間のクズだ」

池田は、がっくりと肩を落として言った。

涼介は身を乗り出し、池田の腕をつかんで言って聞かせた。

「違う。取り返しのつかない誤ちを犯すことは、誰にでもあることです。でも、誤ちを犯したことにも気づかずに平然としている人間のほうが最低なんです。池田さんは違う。自分の犯した罪の重さを、ちゃんと分かっているし、責任だって感じているじゃないですか。人間のクズに、責任感を持っているやつなんかいません。絶対に」

「ありがとう」

男は頭を下げて続けた。

「人を殺した罪は罪だ。ちゃんと罰を受けたいと思うよ。あんたたちは、かならず犬たちを見つけてくれ。ベルと、イー……なんだっけ？」

「イーリアです」

　山内が言う。

「そう。ベルとイーリアか。覚えにくいな、あんまりシャレた名前だから。俺が罪を償って帰ってきたら、犬たちに会わせてもらえないだろうか？　もういっぺんでいいんだ。会いたいんだよ。そして礼を言いたいんだ。このとおり、頼みます」

　池田は手を合わせると、頭を地面に押しつけるようにして頭を下げた。その池田の肩を支え、上体を起こしてやりながら涼介が言った。

「もちろんですよ。待っていますからね、ベルやイーリアといっしょに。それに、このコールとイーリアの子供にもぜひ会ってください。僕の連絡先を教えておきます。それと、これ。持っていてください」

　涼介が差し出したのは、ベルとイーリア、そしてイーリアの子供、シーナが写っている写真だった。

「おい、いいのかい？　こんないい写真、本当にもらってもいいのか？」

　池田はその写真を手に取ると、昔の恋人でも見るような、やさしい目をしてじっと見つめた。

「本当にいい子たちだよ。飼い主を亡くして、さぞ寂しかったろうになぁ。俺なんかをなぐさめてる場合じゃなかったろうに……」

　犬たちの苦難をねぎらうように、池田は黒ずんだ指先でそっと写真の犬たちを撫でていた。やがて顔を上げた池田の目は、霧が晴れて、視界がはっきり見えたかのような澄んだ瞳をしていた。

「じゃあ、お言葉に甘えて連れていってくれますか？　警察に。日が暮れないうちに」

池田はすっきりした様子で言った。


杉山と奈々江が、長野の自宅に着いたのは、夜の十時になる頃だった。途中で犬たちのエサなどを買ったりしていたため、すっかり遅くなってしまった。

犬たちは、車の中では行儀よく、おとなしくしてくれていた。ただ時折、不安そうに窓の外を眺めていた。家へ着き車から降ろしてやると、とたんにその場をぐるぐる回り、排尿と排便をした。

「まあ、なんてお利口なの。車の中でずっとがまんしていたのね、かわいそうに。気がついてあげればよかったわ。あなたもなんで気がつかなかったのよ。冷たいわねぇ」

奈々江が、杉山を非難するような目をして言った。

「なんだよそれ。お互いさまだろ。それよりどうする？　外につないでおくか？」

杉山は冗談で言ったのだが、奈々江には通じなかったらしい。ものすごい顔で杉山をにらみつけると、

「何言ってるのよ、かわいそうでしょ。勝手に連れてきたのは私たちなのよ。この子たちは、本当は来たくなかったかもしれないじゃない。人間の勝手で連れてきて、人間の都合で外につないでおくだなんて。よくそんなことが言えるわね。親の顔が見たいもんだわ。そうだ、あなたが外で寝たらいかが？」

と、鬼のようなことを言った。

「俺の親には何度も会ってるだろ。分かってるよ。ただ、お前が何て言うかと思ってからかっただけだよ。俺だってこいつらを外で寝かせようなんて思っていないさ。あさってからは、いっしょに働く同僚なんだから」

杉山は苦笑しながら言った。

「あったり前よ！　分かっているなら早くこの子たちの荷物を運んでちょうだい」

杉山に激しい口調で言いつけたあと、また一段と激しい落差をつけた口調で、犬たちに呼びかけた。

「さーあ、いらっしゃい。ここが今日からあなたたちのおうちですよ。さ、おうちの中を案内してあげましょうね」

奈々江は犬たちといっしょに家の中へと入っていった。

「俺の身分は格下げになったみたいだな」

杉山は、奈々江と犬たちを見送りながら、ポツリとつぶやいた。

気を取り直して荷物を倉庫へしまい家の中へ入っていくと、犬たちは途中で買ってきたドッグフードをもらって食べているところだった。

「おい奈々江。風呂沸かしてくれよ」

杉山は、台所で動きまわっている奈々江に声をかけたが、返ってきた返事は、

「ああ、お風呂ね。そうだわ、あなたこの子たちをお風呂に入れてやって。犬用のシャンプーも買

ってきたから。このままじゃ家中臭くなっちゃうわよ。早くしてね」

という、ありがたいお言葉だった。

犬たちは、シャンプーに慣れているようだった。洗ってもらっている間、風呂の縁に前足をかけ、洗いやすいようにしてくれているのだ。

「大事にされていたんだな。分かるよ。愛されていない犬は、人にはなつかないし、言うことも聞かないし、ましてや、こんな風に気を遣っちゃくれないもんな。よし、いいぞ。お前は終わり。次はお前だ、おいで」

杉山はラブラドールを風呂場の外に出してやると、ザッとタオルで拭き、今度はシェパードを中に入れて洗い始めた。驚いたことに、このシェパードもちゃんと風呂に前足をかけ、じっとしていた。この二匹はいっしょに育てられたに違いない。おそらくこの若いシェパードのほうが、ボスであるラブラドールを見習って、真似をするようになったのだろう。

どんな飼い主だったのだろう。ラブラドールとシェパードを飼うということは、よほどの犬好きで、しかも訓練にも力を入れられる人間のはずだ。杉山は、無性にその人物に会ってみたくなった。

シェパードを洗い終わり、外へ出してやると、そこにはラブラドールが伏せの姿勢で待っていた。てっきりリビングか、台所のほうにでも行っているだろうと思っていた杉山は、また驚かされてしまった。

リビングに犬たちを連れていくと、隅のほうにタオルケットが敷いてあった。奈々江が犬たちのために敷いておいたのだろう。

「あら、出たの。気持ちよかった？　さぁ、ここがあなたたちのベッドよ。ハウス。分かった？」

奈々江が言ったが、犬たちは杉山の顔を見上げると、ちょこんと座ってしまった。

「どうした？　これじゃ気に入らないか？　お母さんが用意してくれたんだぞ。ハウス」

杉山が言ったとたん、犬たちはタオルケットのところへ行き、二、三回くるくる回ってから丸くなって寝てしまった。

「俺の言うことならちゃんと聞くんだな」

杉山はうれしそうに言った。奈々江はおもしろくない。「これしきのことで、勝ったなんて思わないでよね」とふくれていたが、犬たちの寝顔を見ているうちに、ふとあることに気がついた。

「ねぇ、あなた。この子たちのヒゲ、ずいぶん短いわよね？　猫のヒゲと違って、犬のヒゲは見栄えをよくするためにカットすることがあるって聞いたわ。この子たちはいつもちゃんと手入れしてもらって、おまけにヒゲまでカットしてもらっていたのね」

「ああ、シャンプーのときも、風呂に前足をかけて洗いやすいように気を遣ってくれたんだ」

杉山も風呂場での様子を話して聞かせた。

「この子たちに、いったい何があったのかしら。それとも、飼い主に何かあったのかしら。よくないことが」

「分からないな。ただ一つ言えるのは、こいつらにとって今の状況は本意ではないだろうということだ。だが、あのまま置き去りになんてできなかった。そうだろ？」

杉山が言った。

「ええ、そうよ。悪いことをしたとは思っていないわ。もちろん、よいことをしたとも思っていないけど。私に言えるのは、この子たちには幸せになってほしいってことだけだわ」

奈々江はそう言うと立ち上がり、台所へ行ってしまった。そして杉山に声をかけた。

「私たちも早くお風呂に入って寝ましょうよ。あなたも運転で疲れたでしょ？　先に入って休んでね」

その言葉を聞いた杉山は〝俺の身分が少し昇格したのかな〟と内心思いながら、風呂場へ向かったのだった。


一方、涼介と山内は山内のアパートでビールを飲み、コンビニで買ってきたつまみを食べながら、池田のこと、犬たちのことなどを話し合っていた。二人はすっかり意気投合し、昔からの友達といってもいいくらいに親しくなっていた。

涼介は、これまでのエリ子と犬たちの人生を話して聞かせていた。何から何まですべて話したわけではなかったが、エリ子が今まで、どれほど犬たちを愛していたか、また犬たちもエリ子に対し、どれほど大きな信頼と愛情で応えていたか、それだけでも理解してほしかったのだ。

「エリ子さんにとって、ベルとイーリアは子供とか生きがいとか、そんなものよりもっと大きな存在だったんですね。それこそ命そのものだったんでしょうね。自分の余命がいくばくもないと知らされて、真っ先に思うのが犬たちのことだなんて、そのへんのことは僕にはよく理解できないなぁ。うちでも昔、犬を飼っていたけど、人間と犬は別物って感じで、壁みたいなものがありましたね。

でもエリ子さんと犬たちは違うんですね。三人で一つってとこかな。お互い、なくてはならない存在、水と空気みたいなものですね。これがなくては生きていけないという意味で」

山内は、夕べ涼介が持ってきたアルバムを手に取り、じっと見つめながら話した。

「水と空気か。そんな風でもあったなぁ。でも山ちゃん、俺はね、エリ子と犬たちの絆は、重力のようなものだと思っていたんだ。この世に生きている限り、お互い引きつけ合わずにはいられない」

涼介はいくらか酒に酔い、床に寝ころがって片肘をついた。

「じゃあさ、先生。先生とエリ子さんの間には？　重力は働いていたんですか？」

山内は楽しげに聞いた。

「いや、少なくともエリ子には働かなかったみたいだ。それとも、犬たちとの重力が強すぎて持っていかれたのかな。うん、そうかもしれない。なんせ二対一だもんな」

涼介はそう言って、大きなあくびをした。

「先生の出る幕はなかったというわけだ。やるせないなぁ。犬たちに負けちゃって」

山内はおもしろそうに言うと、涙を拭うふりをした。

「ちぇっ。何とでも言えよ。俺はね、エリ子に惚れたことが誇りなんだよ」

涼介は、山内につまみのピーナッツを投げつけた。山内はそのピーナッツを拾うと、口に放り込んで言った。

「いいなぁ。そう思える先生がうらやましいです。僕なんか、そんな風に惚れたことなんてないから」

「まっ、大人になれば君も経験できるだろうから、あせらずにお待ちください」

と、涼介は山内をからかった。

「なんだよ。たいして歳なんか違わないのに。やっぱ医者ってもてるのかなぁ。よかったね先生、医者で」

山内はそう言うと、五本目の缶ビールを開けた。涼介はあきれた顔で言った。

「強いなぁ。まだ飲むの？　俺は寝かせてもらうよ。まだ明日一日、山歩きするんだからな」

「これだけ飲んだら寝ますよ。じゃあタオルケット掛けてください。枕がわりにこれを。すいません、ふとんがなくて」

山内はすまなそうな顔をして、座ぶとんを半分に折りたたむと、涼介に差し出して言った。

「何言ってんだよ。そんなこと気にするな。病院の当直じゃあ、俺はいつもイスを並べて寝てるよ」

涼介はそう言うと、座ぶとんを枕にしてタオルケットを掛けた。コールは小さなイビキをかきながら、二つ並べた座ぶとんの上で丸くなっている。

「山ちゃん、今日はありがとう。おやすみ」

「はい。明日もがんばりましょう。おやすみなさい」

山内は明かりを消すと、缶ビールを手に隣の部屋に入っていった。

その夜、涼介は夢を見た。ベルとイーリアが、エリ子をはさんで浜辺に座っている。涼介に背を向け、夕日を見ていた。エリ子が犬たちに一生懸命、悟すように何か話しているのだが、涼介の耳には聞こえない。そのうちに、フッとエリ子が消えてしまった。犬たちはワンワン吠えながら捜しまわり、海の中へバシャバシャと音をたてながら入っていくと、やがて見えなくなってしまった。

涼介は夢の中で思った。犬たちの声も、水しぶきの音も聞こえるのに、どうしてエリ子の声は聞こえないのだろう。ああ、そうか。エリ子は死んでしまったから、声を出すことができなくなったんだ。


そこで目が覚めた。嫌な気分にさせる夢だ。犬たちまで消えてしまうなんて。

時計を見ると、寝に入ってからまだ一時間しかたっていなかった。タバコをつかみ、一本抜き取って火を点ける。ゆっくりと煙をくゆらせながらつぶやいた。

「無事でいてくれよ。かならず迎えにいくからな」

そのとき、騒音が聞こえてきた。隣の部屋から響いてきたのは、地鳴りのような山内の大イビキだった。

その音にコールが飛び起きた。涼介は「よしよし」と声をかけ、体をさすってやると、安心したようにまた寝てしまった。

涼介はタオルケットを頭からかぶったが、暑苦しいし、イビキが聞こえなくなるわけではない。あきらめて起き上がると、音を立てないよう気をつけながら隣の部屋に入っていった。

山内は仰向けになり、大の字で寝ていた。涼介はかがみ込むと、そっと山内の頭を持ち上げ、枕を肩の位置まで引き下げた。少し頭をのけぞらせるようにしたのだ。こうすれば気道が確保できてイビキも収まる。

すっかりおとなしくなった山内を見下ろし、満足そうに涼介が言った。

「本当によかったよ、医者で」

翌朝、杉山と奈々江はいつもより遅く起き出し、さっそく犬たちを連れて近所を散歩した。犬たちは杉山の左側を、ぴったりついて歩く。途中、排尿や排便をしたが、それ以外は杉山の歩調に合わせて歩いていた。

「我が家でも、いろんな犬を飼ってきたけど、こんなに散歩が楽な犬は初めてだなぁ」

「訓練のたまものなんでしょうけど、なんだかかわいそうな気もするわ。もっとあちこちの匂いを嗅ぎながら歩くほうが、犬らしくていいと思うけど」

奈々江は少し複雑な気持ちらしい。

「言われてみればそうだな。こいつらはあまり楽しそうに見えないな」

杉山は犬たちの様子を観察しながら言った。

犬たちを見ていると、実によく訓練されているのが分かる。前方から車や人や、散歩中の犬がやってくると、言われなくても端によけるし、道路を渡るときはちゃんと座って杉山の指示を待つのだ。

だが……杉山は思うのだった。だが、この犬たちには何かが足りない。そんな気がするのだ。

かつてはもっと陽気で、人間といっしょにいることを喜び、散歩中もはしゃいでいたのではないかと思えるのだ。それは、犬たちと杉山が出会ったときの、犬たちの楽しそうな様子からうかがい知れた。

そう。あのときの犬たちは、杉山と奈々江の犬ではなかった。犬たち自身の意志で行動していた。だから楽しそうに見えたのかもしれない。ここへ来たことは、犬たちにとっては不本意なことなのだろう。

そう思いながら杉山は、どこかトボトボした足どりで歩く犬たちを眺めていた。

「ねぇ、あなた」

奈々江が急に大きな声を出した。

「なんだよ、びっくりするだろ」

杉山に文句を言われても、奈々江は自信に満ちた笑顔を向けている。そして言った。

「この子たちを、訓練所に連れていってみない?」

すばらしいアイデアでしょうと言わんばかりの口調だ。

「訓練させるのか? 何を? もうできてるじゃないか」

杉山がいぶかしそうに言うと奈々江は、なんて鈍いんだというように、嫌そうな顔をした。

「分からないの? 訓練所に行って、プロのトレーナーにこの子たちの能力を見てもらうんじゃない。そうすれば、この子たちがどのくらいのレベルか分かるでしょ」

杉山はようやく納得した。

「なるほど、そうか。それはいい考えだな。よし、さっそく訓練所を探して行ってみようじゃないか」

そう言うなり、杉山は家に向かって走り出した。犬たちもそれに合わせて走る。置いてけぼりを食った奈々江は、必死にあとを追いながら怒鳴った。

「ちょっと。待ちなさいよ！　置いていく気？　覚えてらっしゃい！」

それから一時間後には、杉山たちは自宅から一番近い訓練所を訪れ、そこの所長に直接頼み込んでいた。だが、拾ったということは言わなかった。友人から飼ってみないかと頼まれた犬で、その友人も、また別の知人に頼まれたのだということにしておいた。

「少しの訓練はさせたと聞いているんですが、その少しというのがねぇ、私たち素人にはよく分からないものですから、こちらのプロの方に見ていただくのが早いと思ったのですよ」

杉山が愛想笑いを浮かべて言った。

所長は〝プロ〟と言われたことで、すっかり上機嫌の様子で、

「分かりました。では、私が直接見てみましょう」

と言って、グラウンドに案内すべく立ち上がった。

所長は、犬たちだけをグラウンドの中に入れ、杉山たちにはフェンスの外から見ているように言った。飼い主が見ていると犬の気が散ってしまうことがあるのだそうだ。杉山と奈々江は言われたとおり、フェンス越しに犬たちを見守った。

「でもさ、ちゃんと言うこと聞くかなぁ。初体面の人間の命令なんて。さっきあの所長も言ってたろ？　能力があっても、人を見る犬は命令を無視するって」

杉山が心配そうに言っているうちに、犬たちは所長の前で並んで座った。

「マテ」

所長は背を向けて歩き出した。犬たちはじっと目で追っている。立ち止まって振り向いた所長が「コイ」と言うと、犬たちはパッと駆け出し、所長の体から十センチも離れていない位置で座ると、彼の顔をうれしそうに見上げた。

所長は正直びっくりしていた。信頼関係もできていない自分の命令に従うなんて。それに、呼ばれてくる犬はいくらでもいるが、この犬たちは、自分の体に鼻が触れるくらいのところまで来て、言われてもいないのに座ったのだ。しかも、次の指示を待っている。なんていい顔で待機するんだろう。

「アトへ」

犬たちは所長のまわりをくるりと回り、左足にぴったりついて、その位置で座った。そのとき、小さく回ったラブラドールが所長の左足に、そして大きく回ったシェパードは、ラブラドールの左脇についたのだ。驚きを隠せない様子の所長をよそに、犬たちはいつものことだと言わんばかりの目で見上げていた。

そこで所長は、試しに競技会用の訓練をしてみることにした。訓練士たちに命じて準備をさせる。まずは嗅覚訓練。犬たちは一枚の布の匂いを嗅がされた。すると、朝メシ前だといった様子で、テーブルの上にある五枚の布の中から同じ匂いの布を捜し出すと、所長の元へ持ってきた。

足跡追求もすばらしい能力を見せた。犯人に見立てたトレーナーの足取りを正確に辿ってみせたのだ。

捜索救助では、ラブラドールはすぐに人間を見つけ出したが、シェパードのほうは、どうやら救助の訓練は受けていないらしく、ごほうびのボールで遊んでもらうラブラドールを興味なさそうに見ていた。

「すばらしい。抜群の訓練能力だ。競技会に出したら優秀な成績を収めるだろう。いや、もう何度も賞を取っているに違いない。杉山さん、たいしたもんですよ。これほど能力の高い犬は、そうめったにお目にかかれない。この子たちを訓練した人をご存知ですか？　ぜひ会ってみたいものだ。ほんとにすばらしい。感無量です」

所長は奇跡でも見たかのように感激している。しかも、目にはうっすら涙を浮かべていた。

「昨日引き取ったと言いましたね。ぶしつけですが、この子たちをうちで預からせていただけないでしょうか。この子たちの能力をもっと引き伸ばしてやりたいんです。この子たちは訓練の楽しさを知っています。見てらしたでしょう？　この子たちの生き生きとした表情を。いかがでしょうか。料金は一切いただきませんから」

所長のいきなりの申し出に、杉山と奈々江は面くらってしまった。そして、やはりこの子たちは並外れて優秀なのだと分かり、少し優越感に浸ってしまった。

「それはできません。私たちは、この子たちを手元に置いておきたいんです。それに、この子たちは明日から、刑務所に行って働くんですよ」

杉山が言うと、所長は落胆した顔を隠そうともせず、

「あなたは、あの刑務所の所長さんでしたね？　そうですか。では、預からせていただけなくてもけっこうです。たまに、この子たちを連れて遊びにきてください。そのときにまた違う訓練をして

みるというのはどうです？　それもダメなら、ただ来てくれるだけでいいです。ご自宅も近いようだし、もしなんなら私が会いにいってもいい。お願いします。変なやつだと思ってらっしゃるでしょう。分かってます。でも、私はすっかりこの犬たちに魅せられてしまったんです。だからどうかこのとおり、お願いします」

所長は頭を下げて必死に頼み込んだ。

杉山と奈々江は、顔を見合わせるとうなずき、杉山が結論を出した。

「分かりました。休みのとき、時間が取れたら連れてきますよ。それに所長さんも、この子たちに会いにきてやってください」

所長は、十年も片思いだった女性がやっとプロポーズを受けてくれたといったような、それはうれしそうな顔に満面の笑みを浮かべた。

「ありがとう。本当にいいんですね？　やっぱりやめたなんて言わないでくださいよ。大丈夫ですね？　奥さんも、いいですね？」

と、何度も念を押した。杉山と奈々江は、その度に何度もうなずいたのだった。

五　帰るべき場所

四カ月後。

ラブラドールのラブとシェパードのシェリーは、今日も刑務所内の舎房や工場、教室や食堂などを自由に歩きまわり、囚人や看守たちに愛敬を振りまいていた。

囚人たちは、休憩時間になるとラブとシェリーをグラウンドに連れ出し、ボール遊びや綱引きをいっしょに楽しんだ。あるいは、ただ静かに犬と並んで座り、自分の犯した罪の重さや家族のこと、この先社会に出たときの不安などを話して聞かせていた。人には言えない話も、犬が相手ならば打ち明けられる。話すことによって、気持ちが安らぐこともあるものだ。

ラブとシェリーは、囚人にも、また看守にも同じように甘え、接していたため、犬たちをとおして看守と囚人が親しくなり、グラウンドの片隅で話し込んでいる光景も見られるようになった。

うつ状態になっている囚人や、気持ちが荒んで投げやりになっている囚人、規則に反したり看守に乱暴したりして独居房に入れられた囚人などに、犬と過ごす時間を与えてやると、だんだんと落ちつき、自分自身を取り戻すことができるケースも多いのだ。

だが、すべてがそうだったわけではない。中には犬を追い払おうとして物をぶつけたり、たたいたりする囚人もいた。しかしラブとシェリーは決して吠えたり、かみついたりすることはなかった。

何をされてもただ黙ってじっと耐える犬たちを見て、自分という人間の愚かさを痛いほど思い知らされる囚人もいた。この犬たちの半分ほども辛抱する強さを持っていたら、きっと自分の人生も変わったものになっていただろうと、自分の罪を恥じる囚人もいた。ラブとシェリーは、多くの人間たちにさまざまな影響を及ぼしたのだ。

だが、人気者であることにかわりはない。囚人たちの食事の時間には、犬たちも食堂に連れてきてもらい、隅から隅まで歩きまわっては、おすそ分けをもらっているのだ。週に二回ある入浴日には囚人たちといっしょに風呂に入り、シャンプーをしてもらうこともあった。

仮釈放の朝を迎えたある囚人は、ラブとシェリーを抱きしめ、泣きながら別れを惜しんだ。そして看守や杉山に、犬たちのことをよろしく頼みますと頭を下げ、社会へと戻っていった。またある囚人は、家に帰ったら犬を飼うのだと言い、そのために仮釈放を少しでも早めようと作業に力を入れ、素行や品行にも気を配るようになった。

囚人たちにはそれぞれ階級がある。一級から四級までだ。仮釈放の近い者はだいたい一級で、特権階級である。釈放前教育として、刑務所の外に出てゴミを拾うとか、公園の清掃をするとか、そういった作業をするのだが、このとき犬たちを連れて散歩をさせることもできるので、釈放までの期間が短くなってくると、みんな早く一級に進級しようといっそうがんばるのだった。

ラブとシェリーは、夜になると杉山といっしょに家へ帰るのが常だったが、帰れないときは杉山とともに、舎房に泊まった。

看守たちも、ラブとシェリーをことのほか可愛がっていた。警察犬の訓練を受けているということもあってか、同僚を見るような目で見ていた。

杉山の下には何人かの部長がいるのだが、その中の教育部長である奥村は、先月シェパードの子犬を飼い始めた。そして、処遇部長の安成に、ラブラドールの子犬を飼えとしきりに勧めているのだった。

来月はもう師走だ。このあたりにも雪が積もる。銀世界になったグラウンドで、ラブとシェリーが囚人たちといっしょに遊ぶ姿が見られるだろう。

この二週間ほどでめっきり寒くなったが、暑さが苦手な犬たちは元気いっぱいだ。訓練所にも、よく遊びにいっていた。一週間行かなかっただけで、所長の森がうるさいのだ。

杉山と森は、今ではいい飲み友達になっていた。杉山は森に、本当のことを話していた。ラブとシェリーは友人からもらったのではなく、伊豆で拾ったのだということを。

森は言った。

「シェパードは、生まれると耳の中に番号をつけるんだ。入れ墨みたいなもんだ。それを協会に問い合わせれば、どこの犬舎で生まれた犬かが分かるんだ。だけど杉さん、あんた、今さらこの犬たちを手離せるか？　知らないほうがいいんじゃないか。こいつらは捨て子だった。そう思っていたほうが、気が楽じゃないのか？　無理はあるけどさ」

「ああ、かなり無理があるな。だけどさ、もし、もしもだよ、飼い主がまだこの子らを捜していたとしたら？　俺はそれを考えると、自分が独居房にでも入りたくなるんだ。分かるか？　罪を犯しているような気分になるんだよ」

杉山が森にそう打ち明けてから、すでに三カ月もたってしまった。この三カ月間というもの、杉山は苦悩し続けていたのだ。犬たちが時折見せる寂しげな様子も、その思いをあおった。二匹が並んで窓辺に座り、じっと外を眺めていたときの悲しそうな瞳が、杉山を悩ませていた。

森の言葉を思い出していた。

「今さらこいつらを手離せるのか？」

今なら、今ならまだ……。杉山は、所長室のソファで眠るラブとシェリーを見つめながら思った。

今ならまだ。


その日、朝霧高原の〝ペットカフェ・ＷＩＴＨ〟では、多くの人たちが集まっていた。

京子が無事に出産を終えて退院してきたのだ。予定日より一週間遅れの出産だった。

夫の豊とともにカフェの扉を開けて入ってきた京子は、開口一番こう言ったのだ。

「みなさん、私の娘のエリ子です。よろしくお願いします」

一瞬、集まった人間たちはポカンとした。

「エリ子ちゃんよ、可愛いでしょう？　何をボケッとしてるのよ」

今井さんは赤ん坊の名前を初めから知っていたようで、さもおもしろそうな顔をして言った。涼介は京子に近づくと、体をかがめて、京子に抱かれて眠る赤ん坊のほおをそっと撫でて言った。

「エリ子、エリ子か。可愛い子だ。早く大きくなれよ」

「今井さん、あんた知ってたんだろ？　ずるいよなぁ。この前俺が、赤ん坊の名前は決めてあるのかなって聞いたとき、あんた何も聞いてないって言ってたじゃないか。ずるいよなぁ。俺には教えてくれてもいいのにさ」

と、近くで開業しているかかりつけの獣医が文句を言った。

「違うんです。私が今井さんに、この子の名前、エリ子にしようと思ってるって相談したとき、今井さん喜んで賛成してくれたんですけど、みんなに御披露目するまで内緒にしてほしいって、私が頼んだんです。すいませんでした、黙ってて」

京子が照れくさそうに言った。

「まあそんなことはどうでもいいじゃないか。今日はお祝いなんだからさ。ともかく乾杯しようじゃないか」

山村の一声で、みんながグラスやシャンパンの用意を始めた。

「京ちゃん、ありがとう。これからはみんなで、小さなエリ子ちゃんの成長を見守っていくから、何かあったらいつでも相談してくれよ」

山村はそう言いながら、シャンパンの入ったグラスを京子に渡した。

「ありがとう、山村さん。これからもお世話になります」

京子は涙ぐみ、赤ん坊を山村に手渡した。

壊れものを扱うような手つきで赤ん坊を抱くと、山村はみんなを見渡して言った。

「よし、じゃあいいかい？　京ちゃんの出産、そして退院祝いと、小さなエリ子ちゃんの誕生を喜びつつ、また、犬たちの無事を祈って、乾杯！」

「乾杯！」

グラスを持ち上げ、飲み干す人間の誰一人として、一日もベルとイーリアのことを思わない人間はいなかった。

「いつか、この子がベルやイーリアといっしょに遊べる日がくるって、私は信じてます」

京子が言った。みんなも同感だというようにうなずいた。

そのとき、しんみりした空気がおもしろくないのか、エリ子が泣き出した。山村は、オロオロして、妻の有子に赤ちゃんを渡した。

「あら臭い。ウンチしたみたいよ」

有子の言葉に、京子はあわててバッグの中をかきまわし、

「ちょっと待っててください、今おむつを。パパも手伝いなさいよ」

と、怒鳴った。

「何をどうすりゃいいんだよ。やり方なんか教わってないんだぞ」

「早くしてよ。臭いわよ」

有子も叫ぶ。

コールは、赤ん坊のおしりの臭いが気になるのか、しきりに鼻を押し当てようとする。涼介はコールを必死に引き戻しながら、

「早く何とかしてくれよ。むこうでやったら？」

シーナは、涼介の足にピョンピョン飛びついている。

小さなエリ子は、顔を真っ赤にしながら、なおも泣き続けていた。まるで、みんな何てのろまなんだと言わんばかりに。

池田は、前からやってくるラブラドールとシェパードが、まさかベルとイーリアだとは思っていなかった。明石涼介からもらった犬たちの写真は日に何度も見ていたのだが、写真とは似ていない気がしたのだ。

「おい、どうした?」

急に立ち止まった池田に、看守が声をかけた。

「犬が怖いのか? あの犬たちは大丈夫だ。すぐに好きになるさ」

「あの犬たちの名前は? 前からいるんですか? 警察犬か何かですか?」

池田は矢継ぎ早に質問した。看守は、少し怪訝そうな顔をしながらも、

「ラブとシェリーだ。まだここへ来て四カ月くらいかな。ここの所長が連れてきたんだ。伊豆で拾ってきたって言ってたから、本当の名前は分からないけどな。すばらしく頭のいい犬たちだぞ。お前よりも出来がいいだろうな。おい、大丈夫か。どうした?」

その場にへなへなとひざまずいた池田に、看守は驚いた。

「伊豆、伊豆で拾った? 四カ月。何てことだ。こんなことがあるなんて」

ブツブツ言う池田に、もう一人の看守が言った。

「頭がおかしいのかな。聞いてたか? こいつのオツムのこと」

聞かれた看守は首を振ると、池田を立たせようとしたが、池田がゆっくりと両腕を広げるのを見て、思わず動きが止まってしまった。池田は、目に涙を浮かべながら、愛しいその名前を呼んだ。

「ベル、イーリア」

だが、声がかすれて言葉にならない。咳ばらいしてもう一度呼ぶ。今度はしっかりと声が出た。

「ベル！　イーリア！」

名前を呼ばれた犬たちは、一瞬立ち止まった。そしてゆっくり近づいてくると、差し出された池田の手に鼻をつけ、その匂いを確認すると、そっと舐めた。最初はゆっくりと。そのうち、記憶が戻ったのか、うれしそうにシッポを振り、顔や喉を狂ったように舐めまわした。

「ベル、イーリア。俺が分かるのか？　なんでこんなところにいるんだよ。いったいどういうことだ？　みんなお前たちを捜してるんだぞ。でもよかった、元気でいてくれて。本当によかった。会いたかったぞ。みんなお前たちに会いたがってるんだぞ」

そばでその光景を見ていた看守たちはポカンと口を開け、理解に苦しんでいる様子だったが、

「おい、どういうことだ、これは？　お前、この犬たちの飼い主なのか？」

と、一人の看守が池田に聞いた。池田は、涙でグショグショになった顔を上げると言った。犬たちは、その涙を一生懸命に舐め取っている。

「いいえ。この犬たちの飼い主は、七月に亡くなりました。旅行先の伊豆で。こいつらは知らないんです、自分たちの主人が死んだことを。それでこいつらは、家に帰ろうとしていたんです。家に帰れば主人がいると思って。そんなとき、私はこの犬たちに出会いました。話すと長くなります。

結論を言わせてもらえば、この犬たちには帰るべき場所があって、今もこの犬たちを必死に捜している人間が、たくさんいるということです」

池田はそう言うと、今度はベルとイーリアに向き直り、ゆっくりと言って聞かせた。

「ベル、イーリア。朝霧でお母さんが待ってるぞ。相川エリ子、分かるな？　お・か・あ・さ・ん。いいか、あ・さ・ぎ・り」

その言葉を聞いた途端、ベルとイーリアはうれしそうにジャンプすると、バタバタと足を踏みならした。

一人の看守が言った。

「おい。所長室へいっしょに来い。所長に最初からくわしく説明するんだ」

池田は立ち上がると、二人の看守に付き添われ、所長室へ向かって歩き出した。ベルとイーリアも、大きく左右にシッポを振りながら、そのあとをついて行った。

二週間前、池田はこの刑務所に移送されたのだ。

今日までの間、独居房で過ごし、作業に就くことも食堂へ入ることも許されていなかったため、ベルとイーリアの存在を知ることもできなかったのだ。ようやく二週間がたち、独居房から出ることができるようになった今日、雑居房へ連れていかれる舎房の長い通路で、ベルとイーリアに再会したのだった。四カ月もの間、片時も忘れることのなかった愛しい犬たちに。

杉山は身を乗り出し、何度もうなずきながら黙って聞いていた。池田の長い話が終わると、やっと閉じていた口を開いた。

「そうだったのか。あのときラブとシェリーは朝霧に向かっていたのか。それを、俺たちが勝手に連れてきてしまったわけだな。だが、あのまま放って帰ることはできなかった。保健所にでも捕まったらと思うと、連れて帰るよりほかなかった。ベルにイーリアか。ベルとイーリア。いい名前だ。相川エリ子さんだったな。どんなにか無念だったろうな。どんな思いでベルとイーリアを残して死んでいったのかと思うと、本当に気の毒だ。でも、俺の思ったとおりだった。こいつらは、とても大切にされていたってことさ。飼い主からだけじゃなく、たくさんの人間に愛されて、大事にされていたんだな。うれしいよ。この子たちと別れるのはつらいけどな。だが、ベルとイーリアは帰るべきだ。待ってる人がたくさんいるんだからな。所内もずいぶん寂しくなるだろうが、この子たちにとって、一番の幸せを考えれば、そんなことは言ってられない。ベルとイーリアのほうが、もっと寂しい思いをしていたはずだもんな」

「所長も、別の犬を飼われたらいかがですか？　こいつらみたいな、ベルとイーリアみたいな犬を」

軽い気持ちでそばにいた看守がそう言った途端、杉山は怒鳴りつけた。

「バカ野郎！　何がこいつらみたいな犬だ。こいつらみたいな犬なんてな、どこ捜したっていないんだ。どんな犬だって、このベルとイーリアの代わりにはなれないんだよ。犬をなんだと思ってるんだ！」

杉山の足元にいたベルが、杉山をなだめようとするかのように、前足をちょこんと膝に乗せ、心配そうに見上げた。

「ごめんごめん。びっくりさせたか。よしよし、何でもないよ」

杉山はベルの頭を抱きしめて言ったあと、池田に向かって聞いた。

「それで、飼い主が亡くなったというなら、この犬たちのことは誰に連絡すればいいんだ？　さっき言ってた医者か？」

「はい、そうです。明石涼介さんといって、亡くなった女性の主治医で、友人でもあるということです。彼の飼っているシェパードと、このイーリアは夫婦なんですよ。子供もいるんです。これを見てください」

池田が差し出したのは、いつも持ち歩いている写真だった。ベルとイーリア、そしてイーリアの子供、シーナが写っている。

「おお、ベルとイーリアか。いい顔してるな。こんな表情もするのかぁ。それと、イーリアの子供かぁ。可愛いじゃないか。この子犬は今どうしてる？」

杉山が聞くと池田は、

「この子犬は、明石先生の犬です。生まれた子犬たちは、一匹残らず里親に引き取られたそうです。相川さんは、自分が先が長くないことを知っていたので、手元には残さなかったそうですよ。裏に連絡先が書いてあります」

杉山は、ほほ笑みながらしばらく写真を見つめていたが、裏に書かれた医者の名前と電話番号を確かめると立ち上がった。そして、自分のデスクに行くと、受話機を取り上げた。

そのとき涼介は、午前中のオペが終わり、病院の食堂で同僚の医者とともに定食を食べていた。ポケベルが鳴り出したので、涼介は食事の手を止めて着信番号を確認した。

「医局からだ。ちょっと行ってくるよ」

同僚はゲームボーイに夢中で、黙ってうなずいただけだった。

三十分近くたって戻ってきた涼介は、今まで見たこともないほど浮かれて、ほおを紅潮させていた。

「どうした？　うれしそうだな。いい女にでも会ったか？」

同僚の多治見が聞いてきた。ゲームは終わりにしたらしく、攻略本の上に置かれていた。

「もっといいことだよ。世界で一番、会いたかったやつに会えるんだ。まぁたしかに、女には違いないけどな」

いつになくニヤニヤしている涼介を、多治見は不思議そうに見つめていた。「こいつ、こんなに間の抜けたような顔もするんだ」と内心思ったが、口には出さなかった。

そのうちに涼介が涙をポロポロ流し始めたのを見て、驚いて言った。

「おい、大丈夫か？　疲れてるんだな、俺もだよ。生まれた子供のことを考えると、そりゃあニヤけちまうけどさ、新しく増えた住宅ローンのことを考えると、涙が出そうだよ。もっと当直のアルバイト、増やさないといけないなぁ。明石、どっかいいとこない？」

多治見が顔を上げると、涼介はおいしそうに冷えた定食の残りを食べていたのだった。

その日の夕方、勤務を終えた涼介が急いで家に帰ると、玄関先に山村の車、山内の車、そして今井さんの車が停まっていた。

家の中には明かりが点いている。今井さんが鍵を開けておいてくれたのだろう。涼介は、家の中へ転がり込むように入った。

「お帰り。よかったなぁ、涼介!」

と、山村が涼介に抱きついて言った。そして涼介を突き放すと、

「さっ、グズグズするんじゃない。仕度はできてるんだ。早く行こう。山内君が運転してくれる」

気分はもう長野に飛んでしまっているらしく、ウキウキした口調で涼介をせかした。今井さんも涙を浮かべて訴えた。

「そうよ。早く行って連れ戻してこなきゃ。まったく、刑務所だなんて。あの子たちの品格がなくなってしまうわ。心細かったでしょうにねぇ。犯罪者といっしょにお務めするなんて」

「ちょっと違うんですけど……」

涼介の言葉を、今度は山内がさえぎった。

「やっとですね。やっとベルとイーリアが帰ってくるんですね。仕事、放っぽり出してきちゃいました。先生は疲れてるでしょう。僕が運転するから、任せてくださいよ」

「さあ、早く早く」

山村に引っぱられ、今井さんに押し出され、涼介はユニフォームを着がえることさえさせてもらえずに、車に押し込まれてしまった。

「飛ばせば九時頃には着けるでしょう」

エンジンをかけた山内が言った。

「ああ、ガンガン飛ばしてくれ。救急隊員、緊急出動だ」

山村は言ったあと、すぐに後悔した。

「了解」と言ったとたん、山内はタイヤをきしませ急発進した。S字カーブもノンブレーキで突っ込んでいくため、山村と涼介、そして今井さんは、あわててシートベルトを締め、体を固くして目を閉じた。いっしょについてきたコールだけは、楽しそうに窓の外を眺めていた。

途中どこにも寄らずに走り続けたので、山内の宣言どおり九時少し前に着いた。

ゲートのところにいた看守は、所長である杉山から連絡を受けていたらしく、すぐに中へ入れてくれた。

「ラブとシェリーがいなくなると、私たちは寂しくなりますよ」

庁舎に着くと、玄関に一人の看守が待っていた。

「ご苦労さまでした。ここからはちょっと分かりにくいので、私がご案内します」

「あの、この犬も連れていってかまいませんか?」

涼介が聞くと、看守は振り向いて言った。

「もちろんどうぞ。ラブとシェリーだって、ここでは自由に歩きまわっていますからね。囚人たちもがっかりするだろうなぁ。凶悪な犯罪者も、犬たちといっしょに遊んでいるときは普通の人間に見えますよ」

階段を上がり右に曲がった。そのとき、突然コールが吠えた。この庁舎に入ったときから鼻をひくつかせ、床の匂いを嗅ぎまわっていたコールは、今ようやく目標の匂いを嗅ぎつけたらしい。涼介たちを追い抜き、走り出した。そして、あるドアの前に行くとちょこんと座り、前足でドアを引っかくともう一度吠えた。

ドアの中から「ヒン、ヒン」という鼻を鳴らす声がかすかに聞こえてきた。

「ベルだわ。あの子の声よ」

今井さんが言うのを合図に、涼介たちはいっせいに走り出した。そして、そのドアの前まで来たとき、中からドアが開けられた。

コールが杉山を押しのけて中に入ろうとしたが、部屋の中からもベルとイーリアが、杉山を押しやり出ようとしたため、ドアのあたりでみんなが団子状態となってしまった。

涼介は少しがっかりした。真っ先に自分のところへ飛んでくるとばかり思っていたベルとイーリアが、コールと再会の喜びを分かち合っていて、いまだに涼介たちの存在に気づいていないからだ。

「ベル、イーリア！」

涼介は、がまんしきれなくなって呼んだ。やっとベルとイーリアは、そこになつかしい顔が並んでいるのを見た。涼介と山村がしゃがみ込むと、ベルとイーリアがのしかかってきた。仰向けに押し倒され、顔中舐めまわされる。

犬たちは満足すると、今度は今井さんに飛びついていった。

「ベルちゃん、イーちゃん、会いたかったわ。心配してたのよ。毎日毎日、ほんとに心配してたんだから」

今井さんも犬たちを抱きしめた。

ようやくみんなが落ちつくと、ベルとイーリアは山内に気づいた。イーリアが首をかしげた。

〝誰だっけ？〟そんな様子だ。

「手の甲を鼻先に出してやって」

山村が言うので、山内はそっと手の甲を差し出した。ベルとイーリアは、手、そして足元の匂いを嗅ぐと思い出した様子で、シッポを振った。

「覚えててくれたのかい？　会いたかったよ。元気でいてくれてよかった」

山内の声は震えていた。

「さぁ、こんなところじゃ話もできない。どうぞ中へ入ってください。自己紹介もしてませんしね」

杉山の声に、やっと涼介たちは立ち上がり、

「失礼しました。ごあいさつもしないうちに、大人げないところをお見せしてしまいました。僕は、明石といいます。お電話をいただいたことを感謝します。今はこの、ベルとイーリアの飼い主です。登録も済んでいます。長いこと、大変お世話になりました」

涼介は頭を下げた。

「まあ、どうぞどうぞ」

杉山に肩を押され、所長室の中へ入っていった。

部屋の中はさほど広くはなかったが、小ぎれいだった。応接セットのソファに腰かけた涼介たち

は、簡単な自己紹介と、どういう形でベルとイーリアに関わっていたのかを話した。

と、ドアをノックする音が聞こえた。

「所長、連れてまいりました」

看守の声のようだ。

「入れ」

杉山が言うと、ドアが開き、そこに池田が立っていた。

「池田さん。あなたがここで犬たちを見つけてくれたこと、所長さんから伺いました。何ていう偶然だろう。あなたがもし他の刑務所に行っていたら、僕たちはこうしてベルとイーリアには会えなかったんだ。感謝しています」

涼介が立ち上がって礼を言うと、

「おい涼介。それじゃあまるで、池田さんにムショに入ってくれてありがとうと言ってるようなもんだぞ」

と、山村が苦笑した。

「ハハハ、ほんとだ。ムショに入って感謝される人間も、めったにいないいなぁ」

杉山が笑った。

「でもね、所長さん」

今井さんが口を挟んだ。

「この方がいなかったら、私たちはまだ伊豆の山の中を捜して歩いていたでしょうよ。この子たちは、私たちにとって特別な存在なんです。それに、看守さんの話の様子だと、ここにいる人たちにとっても、この子たちは特別だったようですわね」

杉山がうなずいた。

「ええ、そのとおりですよ。なぜだかみんな、この子たちに出会うと一目惚れしてしまうようですね。不思議な犬たちです。寂しくなりますよ、正直言って」

杉山は、そう言うとベルとイーリアを交互に見つめた。そして、

「今日は特別にね、この池田に犬たちとお別れをさせてやろうと思いましてね、呼んだんですよ。あなた方も礼を言いたいんじゃないかと思ったもんですから。もう消灯時間なんですが、刑期が終わるまでは会えませんからね」

「ありがとうございます」

池田と涼介が、同時に頭を下げた。

「所長さん、お願いがあります。池田さんが仮釈放になったら、僕が身元引受人になってあげたいと思うのですが、身内でなければいけないんでしょうか?」

涼介が聞いた。

「いいえ、赤の他人でも大丈夫ですよ。しかし、あなたのことはいろいろと調べられますよ。出所したら、この池田と同居し、就職の世話もしなければなりません。それに、保護司が何度もあなたの自宅を訪ねるでしょう。仮釈放というのは、そこで刑期が終わったわけじゃないんです。あくまでも仮ですから、残りの刑期は社会に出てから務めなければならない。あなたはその間、毎日二十

四時間この池田の責任を背負うことになります。それでもいいのですか?」

杉山は、身元引受人の立場がどんなに厳しいかを説明し、念を押すように聞き返した。

「ええ、大丈夫です。僕は池田さんを信用できる人間だと思っています。ベルとイーリアだって、そう思ったからこそ池田さんといっしょにいたんですから」

涼介は自信を持ってはっきり言った。

「仕事なら、私がいくらでも紹介しますよ。うちの会社のどれかに就職していただいてもいいんだし」

と、今井さんも言ってくれたので、みんなは頼もしく感じた。

「先生、ありがとうございます。ありがとう。このご恩に報いるためにも、一生懸命がんばります」

池田は涙で顔をくしゃくしゃにしながら、そう言って頭を下げた。

「さあ、そろそろ房に戻りなさい」

杉山が言うと、池田はしゃがみ込み、犬たちに向かって言った。

「ベル、イーリア、それにコールも、ありがとうな。お前たちのおかげで俺は、誰かと支え合って生きることの大切さを教えられたんだ。どんな小さな命でも、かけがえのないものだということも。それに、こんなろくでなしの俺の命でさえ、大切にしなきゃいけないと思えるようになったんだよ。誰かに頼られ、必要とされることのありがたさを知ることもできた。まったく、たいした犬だな、お前たちは。いつか、俺がここを出る日まで、元気でいてくれよな。かならず会いにいくから」

犬たちは、池田の気持ちに応えるかのように、その顔をペロペロと舐めた。

そして池田は、再び看守に連れられ、うつむいたまま一礼して部屋を出ていった。

「あの男は大丈夫、かならずやり直せますよ。しかしこの犬たちは不思議だなぁ。いったい何人の人生に関わってきたんだ？」

杉山がそう言っていると、また関わりのある人間が、ノックもせずに部屋に飛び込んできた。奈々江と、義母の君江、それに森もいっしょだった。ベルとイーリアが喜んで駆け寄る。

杉山は、その場を仕切って双方を紹介した。

「どうもこの度は。あなた、本当にその子たち、行ってしまうのね？ずいぶん急なのね。心の準備がしたかったわ。私、この子たちのこと、娘だと思っていたから」

奈々江は涙ぐんで言うと、母親の肩に顔を埋めた。その義母の目にも、涙があふれていた。そして小さな声で言った。

「私も寂しいわよ。私にとっては孫と同じだからねぇ」

「それは俺だって同じだよ。でもね、ベルとイーリアの飼い主だった人は、亡くなったとはいえ、今でも待っているんだよ。ベルとイーリアだって、俺たちよりも、間違いなく亡くなった主人を選ぶさ。なあ、森ちゃん？」

「ああ、こいつらは主人がたとえ死んだって、自分たちが生きている限りはその主人に忠誠を誓うだろうな。そういうやつらだと思うね」

森はそう言ってから、山村に聞いた。

「あなたがこの犬たちの訓練を仕上げたんですか？　すばらしい能力でした。いろいろとね、遊びがてらに試してみたんですけど、完璧ですよ。初めから能力が高かったんですか？」

山村が首を振って答えた。

「いや、子犬の頃は、それほど能力を高められるとは思ってませんでしたよ。でも、学習意欲があったのはたしかですね。この子たちの飼い主は、社会化期にとてもいい影響を与えていたんですよ」

「やっと安心したようね」

今井さんが、犬たちを見つめて言った。ベルは涼介の足元で眠り、そしてイーリアはコールの顔を舐めまわし、そのコールはベルに寄り添って寝ている。

「涼介、そろそろ失礼しよう。もう遅い」

山村の言葉に、みんなが時計を見た。杉山は寝ている犬たちの前にしゃがみ込んで言った。

「何かのときには、いつでも遊びにきてください。といっても、遊びにきたくなるようなところじゃないですけどね。ベル、イーリア、今までありがとう。楽しかったよ。長生きしろよ。いつかお前たちに会いにいくから。お前たちのことは、一生忘れないよ……」

杉山は涙声になりながらも、そう言ってベルとイーリアの体を撫でた。

奈々江も君江も、流れる涙を拭おうともせず、この日まで子供のように愛してきたベルとイーリアを見つめていたが、いよいよお別れというときになって、奈々江が口を開いた。

「忘れられるわけがないわ。だって、我が子と同じなんですもの。たとえ二度と会えなくたって、一生想い続けるわ」

奈々江もまた、犬たちの前にしゃがみ込むと、覆いかぶさるようにしてベルとイーリアを抱きしめた。犬たちは驚いたように飛び起きたが、それが奈々江だと分かると、うれしそうに顔や手を舐めた。杉山は、奈々江の背中をやさしくたたき、言った。

「さあ、車までいっしょにお見送りしよう」

そして、「では行きましょうか」と涼介たちをうながした。

「コール、ベル。ほらイーリア、行くぞ」

涼介の声に、犬たちがパッと立ち上がったが、イーリアはまだ奈々江の顔を舐めている。

「イーリア、おんぶは？」

涼介がしゃがんでイーリアに背中を向けると、イーリアは舐めるのをやめ、うれしそうに涼介の肩に前足をかけた。イーリアのおしりに手を回して涼介は立ち上がった。

「まあ、おんぶなんかするの？　この子は」

君江が笑いながら言った。

「ええ。飼い主だったエリ子が覚えさせたんですよ。動物病院の診察台に乗せるのに便利だからって」

涼介も笑って答える。イーリアは得意そうな顔をして、まわりにいる人間たちを眺めていた。

外へ出ると満天の星が輝き、月も出て明るかったがとても寒い。

ワンボックスの後部ドアを開けると、犬たちは喜んで飛び乗った。このRVは、かつてエリ子の車だった。涼介は、ベルとイーリアを迎えにいくなら、絶対この車で行ったほうがいいと思ったのだ。名義は涼介に移してしまったが、中のものは一切、取り換えたり処分したりはしていない。べルもイーリアも、覚えのある匂いを嗅いで満足そうだ。

杉山たちは、車の中に頭だけを入れて、犬たちにお別れをしていたが、体を引いてドアを閉めると言った。

「寂しいですよ、本当に。でも、この子たちの幸せが一番ですから。当分、気が抜けたようになってしまうと思いますが、この子たちが元気に暮らしていると思えば、それがなによりです。二度と会えないわけじゃないし。どうしても会いたくなったら、車を飛ばして朝霧に行きますよ」

「そうですよ。来年のキャンプには、朝霧に来たらいいじゃないですか。オートキャンプ場も近くにたくさんあるし」

涼介も、杉山たちを元気づけるつもりで言った。そして、

「いつでも来てください。ベルもイーリアも喜びますよ。それと、池田さんのこと、どうかよろしくお願いします」

と、つけ加えて頭を下げた。

「分かっていますよ。何か変わったことがあれば、すぐに連絡します。心配しないでください。あまり遅くなると、霧が出るかもしれない。気をつけて行ってください」

杉山はそう言うと、車の中をのぞき込んだ。犬たちは、いつ走り出すのかと窓に鼻を押しつけて、じっとこちらの様子をうかがっている。涼介たちは車に乗り込むと窓を下ろしながら、

「それでは、また。ありがとうございました。みなさんお元気で」

と、言って車を発進させた。

杉山たちは、ゲートを抜けた車が右折して見えなくなるまで手を振っていた。

「本当に行っちまったな」

ゆっくりと手を下ろした森が、ポツンと言った。

「ああ。でも、なんだか俺さ、舎房に行ったら、犬たちがまだいるような気がしてるよ」

杉山が寂しそうに笑って言った。

「いい子たちだったわね。でもあたり前ね。あんなにいい人たちから、たくさんの愛情をもらって育てられてきたんだから。私、今度は自分の犬がほしいわ。ねっ、飼いましょうよ。私たちの犬を。今の私たちには、新しい犬が必要よ。森さん、そう思いません？」

奈々江は、生き生きとした様子で森に問いかけた。

「うん、賛成だね。途中で取り上げられてしまったベルやイーリアに対する愛情を、新しい犬に注いでやることだよ」

森は、杉山たちを見まわして答えた。そしてふと、思い出したようにつけ加えて言った。

「そうだ。来月の中旬、うちにいるシェパードが出産するんだけど、どうかな、もらってくれないか？」

「シェパードか。どうする奈々江？」

杉山が聞くと、奈々江はうれしそうに、

「もちろんもらうわよ！　女の子がいいわ。ねっ？　お母さん」

「私はどっちかっていうと、ラブちゃんみたいな耳の垂れてるのが好きだけど、シェリーちゃんみたいな子でもいいよ。とにかく、犬がいればいいよ」

「よし、決まったな。でもな、ベルやイーリアと比べちゃダメだよ。その犬の持っている個性を尊重してやるんだ。それに、子犬のうちから行儀のいい犬なんかいないからね。初めは手こずるぞ。簡単に犬を飼うといっても、生やさしいものじゃないんだ。一つの命を預かり、その犬のすべてに責任を持つということだ。場合によっては、自分のことよりも犬を優先しなきゃならないことだってある。飼うという感覚じゃなく、いっしょに暮らし、ともに生きるという気持ちが必要なんだ。十年から十数年、犬の寿命が尽きるそのときまで、信頼し合い、愛し合うということが、犬にとって一番幸せな生涯になるんだよ」

森が真剣な顔で言った。

「相川エリ子さんとあの子たちのようにね。あの子たちも、きっとそうやって暮らしてきたのね」

奈々江が小さくつぶやいた。

杉山は心から願った。あの子たちが元気で、一日でも多く長生きしてくれるようにと。たとえ主人を亡くしても、いつも誰かに見守られ、幸せな生涯を全うしてくれるようにと。

四人は白い息を吐きながら、それぞれの思いを胸にしばらくその場にたたずんでいた。空にはたくさんの星がきらめき、青白い上弦の月が出ていた。

明日も晴れそうだった。

六　犬たちのレクイエム

　翌朝、朝霧の家ではみんなが寝坊していた。犬たちも起き出す気配がない。

　長野からノンストップで車を走らせ、朝霧に着いたのは午前三時半だった。有子と京子、それに小さなエリ子は、犬たちが帰ってきたことにも気づかず眠っていた。

　涼介たちは、夕べから何も食べていないことに気がつき、カップラーメンをすすってそのまま寝てしまった。

　ベルとイーリアは、家中を捜しまわった。エリ子はどこにいるのかと。見つけることができなかったベルとイーリアはあきらめて寝てしまったが、どことなく寂しそうな様子に、涼介たちは胸が熱くなった。

　朝、最初に起き出したのは有子だった。

「ちょっとあなたたち、いつまで寝てるの！　起きなさい」

　飛び起きた三人の男に、

「あの子たちはどこ？　ベルとイーリアは？」

　有子が聞く。その声に驚いた赤ん坊の泣き出す声がした。見ると、リビングの入口のところで京子がエリ子を抱いて立っていた。

そのとき、バタバタと音がして、犬たちが廊下を駆けてきた。聞きなれない赤ん坊の声に何ごとかと思い、興味を持ったようだ。

「ベル、イーリア！」京子が叫んだ。

ベルとイーリアはうれしそうにピョンピョン跳ねたが、京子に会えたことを喜んでいるわけではなく、どうやら赤ん坊の匂いを嗅ぎたいだけのようだ。

「ベル、イーリア、お帰り。ずっと待ってたのよ。会いたかったんだから。ほら見て。私の赤ちゃん、エリ子よ。はい、どうぞ」

京子はそう言うと、小さなエリ子のおしりを犬たちの鼻に近づけてやった。ベルとイーリアは赤ん坊の匂いを嗅いで満足したのか、今度は有子に飛びついていった。

「お帰り。よく帰ってきてくれたわ。毎日本当に心配してたのよ。よかったわ、無事で。エリちゃんもやっと安心して眠れるわね」

有子が涙ぐんで言った。

男たちは、あまりの騒々しさにしかたなく起き出した。夕べはリビングで雑魚寝したのだ。今井さんは自宅に戻ったが、朝にまた来ると言っていたから、間もなく現れるだろう。今日はお祝いだから、パーティをするんだと張り切っていた。

京子が、いい香りをさせてコーヒーを運んできた。目の覚めるような濃いコーヒーを飲んで、いくらか頭もすっきりしてきた涼介は、「シャワーを浴びてくる」と言って、風呂場に向かった。

「次、僕もいいですか？」山内が手を挙げた。

「ああ。十五分待って」

涼介がそう言ってリビングを出ると、シーナがすぐにあとを追う。すっかり〝お父さん子〟なのだ。

「シーナって、イーリアとコールのこと、なんだと思ってるのかしら。両親だとは思ってないみたいよね。涼介先生にベッタリで」

京子が首をひねって言った。

「ハハハ。イーリアやコールが涼介にベッタリだからだよ。子犬ってのは、自分より上の犬の真似をするからな。シーナなりに勉強してるのさ。ベッタリできるのもあとわずかだよ。来年には訓練に入るんだから」

山村がコーヒーをすすりながら言った。

「あーあ、ハラ減ったなぁ。なんかない？」

シャワーを出た涼介が、リビングに入ってくるなり言った。足元では、シーナがびしょ濡れになった体を涼介のズボンで拭いている。

「スパゲティでいい？」

有子が返事も聞かずにキッチンへ向かったとき、今井さんがやってきた。

「おはよう、みなさん。すばらしい朝ね。まさにパーティ日和だわ」

朝からテンションの高い今井さんは、早くもパーティの準備に張り切っている。

ソファで寝かされていたエリ子が、今井さんのやかましさで目を覚まし、泣き出した。ベルとイーリアが「クンクン」と鼻を鳴らし、あわてたように赤ん坊のところへ駆けつける。その小さな生き物を不思議そうに眺め、やがてあやすようにやわらかいほおや小さな手に鼻を押し当てた。

途端に泣きやんだ赤ん坊は、今度はうれしそうにニコニコして、手足をバタつかせた。振りまわした小さな手が犬たちの顔に当たっても、ベルとイーリアは嫌がりもしない。

「こいつらさ、どういうわけか泣いてる人を放っておけないらしいんだ。心配でたまらなくなるみたいで、なぐさめようとするんだよ。エリ子はよく泣き真似をしては犬たちをからかっていたっけ」

シーナの体をタオルで拭きながら涼介が言った。

「さっ、できたわよ。腹の虫が騒いでいる人はどなた？」

有子がスパゲティを運んでくると、そこにいた全員が手を挙げた。

エリ子の石碑は、いつもピカピカに輝いていた。今井さんが毎日磨いているのだ。花が飾られていない日もなかった。

食事を済ませた涼介たちは、犬たちを連れエリ子の石碑の前に集まっていた。エリ子にベルとイーリアが無事に帰ってきたことを報告し、またベルとイーリアに、エリ子のいる場所を教えるためだ。

「ここにはな、いわゆる骨壺というものはないんだよ。灰だけを撒いたんだ。エリちゃんの遺言でな」

山村が山内に教えた。

涼介は、ベルとイーリアを座らせ、手で頭を押さえながら言った。

「ベル、イーリア。お母さんはここにいるんだ。ここで眠りながら、お前たちをずっと待っていた。もう姿は見えなくなってしまったけど、ここにいるんだよ。ここだ。エ・リ・コ、お・か・あ・さ・ん」

涼介は、石碑の置かれている地面をたたいて、ゆっくりと言って聞かせた。ベルとイーリアは、地面に鼻をつけ、前足で掘ろうとした。エリ子が埋まっていると思い、助け出そうとしているようだった。

「だめだ、ノーだよ。埋まってるわけじゃないんだ。掘ってはイケナイ」

涼介は悲しい思いで、犬たちの前足をつかんでやめさせた。

「さすが救助犬だな」山村がポツリと言った。

ベルはあきらめて、その場に伏せてしまった。イーリアは、まだ匂いを嗅ぎまわっていたが、やがて石碑をペロペロ舐め始めた。石碑にエリ子の匂いが付いているわけではない。たぶん、石の冷たい感触が気に入っただけなのだろうが、人間たちの目から見るとその姿は、亡き主人に対する親愛から出た行為に見えてしまう。

とはいえ彼らの本当の気持ちは、ベルやイーリア、そしてその二匹を見つめているコールにしか分からないことなのだろう。

この日のパーティは大いに盛り上がった。夕方には、わざわざ鎌倉から訓練所のトレーナーが駆けつけてくれた。ベルとイーリアの担当だった二人のトレーナーは、可愛がっていた二匹の犬に会えたことを心から喜んだ。

それから京子の夫、豊が仕事を終えてやってきたし、カフェの常連客も大勢集まってくれた。お客さんが大好きなシーナは、いつになくご機嫌な様子で、いろんな人にかまってもらおうと、部屋中走りまわっていた。

テーブルにはごちそうが並び、犬たちはそれをおねだりした。今井さんのジャンボも、そして引き取ったイーリアの二匹の子供も、初めて味わう雰囲気に大はしゃぎだった。

だが、いつもなら一番の食いしん坊のベルが、あまりごちそうに興味を示さない。持っていって口元に寄せてやれば食べるのだが、いかにも面倒な様子で、ソファから降りようとしない。疲れが出て眠いだけだろうと思ったが、食べものの匂いを嗅げば、眠気も吹き飛ぶベルなのだ。涼介は少し心配になった。

「どうした、ベル？　元気がないみたいだけど、疲れてるのか？」

喉をやさしく撫でる涼介の手を、ベルはペロリと舐め、あくびしてみせた。〝何でもないよ〟とでも言うように。

涼介は山村を呼ぶと、ベルがいつもと違うようだと言った。山村は、ベルの体をあちこち触っていたが、

「うーん。熱はないし、どこも痛いところはないようだ。舌の色も問題ないし。疲れたんだろう、もうおばあちゃんなんだからな。食事の好みが変わることもあるし」

そう言って、山村はベルの頭をポンとたたいたが、

「今度、お前休みはいつだ？　時間のあるときにベルとイーリア、健康診断受けさせてやったほうがいいかもしれないぞ」

「あさって休みなんだ。竹ちゃんのところに連れていってみるよ」

涼介が言った。竹ちゃんというのは、カフェのお客でもあるのだが、竹田動物病院の獣医をしている。朝霧で唯一の動物病院であるため、このあたりのペットは、みな竹田先生の病院がかかりつけなのだ。

夜もだいぶ遅くなり、一人、また一人と帰っていった。

「そろそろ俺たちも帰るよ。お前も明日は仕事だろ？　寝不足を取り戻しておけよ」

山村が言うと、山内も、

「僕も帰ります。明日はそんなに早いわけじゃないけど、あんまり寝てないんで。先生、また来てもいいですか？」

「ああ、歓迎するよ。電話してくれ」

明日、涼介は当直で、あさっての朝まで帰れないため、犬たちの面倒は今井さんと京子が見てくれる。

みんなが帰ったあと、のんびり風呂に入っていると、ガリガリとガラス戸を引っかく音がした。ベルの姿がうっすら見える。戸を開けてやると、ベルが風呂場に入ってきてちょこんと座った。

「どうした？　いっしょに入るか？」

涼介は声をかけると手を伸ばし、ベルの頭を撫でてやった。ベルは立ち上がると涼介に顔を近づけ、ペロペロと口元を舐めて出ていった。涼介はエリ子が言っていた言葉を思い出していた。

「ベルはね、私がお風呂に入ってると、ガラス戸のむこうで鼻を鳴らしながら戸を引っかくの。早く出ろって言われてるみたいで、ゆっくり入ってられないんだから」

涼介が風呂から早めに出ると、ベルとコールがロープの引っぱり合いをしていた。

「おい、もう寝よう。おいで」

涼介が言うと、犬たちは素直にリビングから出てきて、寝室に向かった。

大きなベッドで、みんなでいっしょに寝る。昨日までは涼介とコールと、まだ小柄なシーナだけだったから、寝返りを打つのも楽だったが、もう二匹大きな犬がベッドに乗ると、さすがに身動きするのも大変だ。だが、涼介は満ち足りた思いだった。みんながいっしょに眠れるのだから。寝返りなんか打てなくたってかまうものか。

ただ欲を言えば、ここにエリ子がいてくれたら……。そんなことを思いながら、いつの間にか眠ってしまった。

翌朝、涼介は寝坊をしてしまった。

あわてて身仕度を整えると、犬たちに食事をやる。みんないい食いつきだ。ベルもあっという間に平らげ、皿まできれいに舐めている。

涼介は、もうすぐ来るだろう今井さんに、犬たちにワンツーをさせてやってくれるようメモを残した。

「じゃあ、お父さん行ってくるよ。いい子にしてるんだぞ」

そう言うと涼介は、戸締まりをして家を出た。車を出すとき、ふと家の窓に目を向けた涼介は、ベルが耳を垂らし、寂しそうにこちらを見つめている姿を認めた。

「たまらないなぁ。ベル、いい子で待ってろよ」

心の中で、そうつぶやいた。


その日の夕方、ようやく昼食にありつけた涼介は、今井さんに電話を入れた。なんとなく、ベルのことが気になったのだ。

「みんな元気に決まってるじゃない。ううん、ごはんはまだ。えっ？　やだ、ワン子たちのこと？　まだよ、これから作るとこ。今ね、料理で余った牛スネの骨をみんなでかじってるとこ。うん、ベルもね。大丈夫よ。何をそんなに心配してるの。すっかり過保護になっちゃって、やーね。はいはい、じゃあ明日の朝にね」

電話を切った涼介はホッとした。ベルはただ、自分の知っている人間と離れるのが怖かっただけかもしれない。無理もない。長いこと放浪の旅をしてしまったうえ、家に帰ってもエリ子はいなかったのだから。

明日はたくさん遊んでやろう。涼介はそう思いながら、昼食の冷めた天丼を平らげ、仕事に戻った。

その頃、犬たちは今井さん手作りの夕食にありついていた。牛スネ肉と野菜のミルク煮だ。ひとかけらでも残した犬はいなかった。食後のデザートは、リンゴのヨーグルト和えだった。はっきり言って、涼介よりもごちそうを食べていた。

今井さんは、食後に犬たちを庭へ出し、ワンツーをさせてやってから自宅へ帰っていった。そのあと、カフェの営業を終えた京子が様子を見にきたが、何事もないことを確かめると、犬たちにおやすみを言い、家路についた。

シンと静まりかえった家の中で、犬たちは固まるようにしてベッドで寝ていた。夜の十時頃だった。突然ベルが起き出し「ヒン、ヒン」と小さく鳴いた。そしてベッドから飛び降りたが、うしろ足がもつれて肩から落ちてしまった。

その気配でイーリアとコールも目を覚ましたが、シーナだけは口をクチャクチャとさせながら眠っている。

ベルは起き上がると、ヨロヨロと玄関に向かって歩いた。玄関ドアの横には、下のほうに犬専用の出入口が付いていた。ベルはドーム型をした、その出入口から這うように外へ出ると、まっすぐ庭に進んでいった。うしろ足が利かないため、ときどきフニャッと体勢を崩しながら必死に向かった場所は、エリ子の石碑だった。イーリアとコール、そしてまわりの気配に気づき、ようやく目を覚ましたシーナが、ベルのあとを追ってきた。

石碑の前まで来たときには、ベルのうしろ足は立たなくなっていた。その場にへなへなと倒れ込んだベルは、自分の身に何かよくないことが起きているということが分かっていた。そのよくないことが、死を意味しているということも。

だからこそ、ここに来たのだ。最後の力を振り絞り、這ってでも会いたい人。それはお母さん以外にいない。ここにお母さんがいることは、涼介が教えてくれた。

ベルは石碑の前の地面を掘り始めた。涼介に〝ノー〟と言われたことは覚えていたが、今はすぐにでもお母さんに会いたいのだ。

体に力の入らない部分が、うしろ足から次第に前のほうへと広がってくる。しかも地面には芝が植えてあるため、なかなか思うように掘れない。それでも必死に地面を掻きむしるベルを、イーリアは心配そうに見つめていた。イーリアもコールも、ベルの身に悪いことが起きていることを感じとっていた。だが、何もしてやることができない。ただ見守るだけだった。

ベルの麻痺は、前足から喉元にまで進んできた。もう、土を掘る力はなかった。最後に残った力を振り絞り、伏せの体勢をとった。犬にとって、伏せの姿勢は楽ではない。ベルはこの姿勢をとることで、ここで眠るエリ子に対し、服従心を示そうとしたのだ。

ベルは鼻を地面に、そして石碑にこすりつけた。

「クーッ。フーッ」

絞り出すような声をあげ、「ハッハッハッ」と息遣いが荒くなっていく。体の中がどんどん固く、重くなり、呼吸するのもやっとだった。

体内の臓器が押しつぶされていくような苦しさの中にいるベルに、イーリアはいたわるようにベルの顔を舐め、静かに見守っていた。母のように愛し、慕っていたベルの臨終を。

ベルの目がイーリアを見つめた。その目が大きく開かれ、やがて白目を剥いたとき、ベルはなつかしい声を聞いた。

「ベル、お帰り」

愛してやまない、エリ子の声だった。

最後のかぼそい息をフッと吐き出すと、ベルは八年の生涯を静かに終えた。それはまるで線香花火のようにスッと消えていった命の灯であった。

イーリアとコールは、ベルの匂いを嗅ぎまわった。イーリアは前足でベルの体をつつき、顔を舐める。それでも起きないベルの首を軽くかみ、「クーン、クーン」と鼻を鳴らして甘えた。ベルは動かなかった。

「ワン、ワン、ワン」

「ワン、ワン」

コールが吠え出すと、イーリアもそれにつられて吠えた。シーナは不思議そうに、首を傾げて見ている。

「ウオォォォーン」

コールが突然、遠吠えをした。イーリアも、首を右に左に傾げていたが、

「ウオン、ウオォン、ウオーンオン」

と、鳴き出した。

それは、十一月の寒い夜、午前零時を回った頃だった。旅立つベルを見送るイーリアとコールの弔いは、いつまでも続いていた。

月は、青白く美しかった。

夜勤を終えた涼介は、家に帰ると飛び込むようにリビングに入った。そして、犬専用のソファに寝かされタオルケットを掛けられたベルの姿を見た。

一瞬足が止まり動けなくなったが、コールとシーナが飛びついてきたので、押される形となって足が一歩前に出た。そのまま、そろそろとベルのそばに寄ると、ソファの前に膝をついた。

「ベル」

静かに呼びかけた。そっと手を伸ばしベルの頭に触れ、その手を体のほうへ滑らせていった。タオルケットがずれ、床に落ちた。

「ベル」

涼介はベルの体を揺すって、もう一度名前を呼んだ。胃のあたりが熱く、固くなり、それがどんどん上へ上ってくる。胸が苦しい。

「ちくしょー。ベル、ダメだ。いくな！」

涼介は、ベルの左脇のあたりを両手で押した。何度か押しては、ベルの口が開かないように手で押さえ、鼻から息を送り込む。その行為を繰り返す涼介の腕を、今井さんがギュッとつかんだ。涼介が振り向くと、今井さんが首を振った。その目には涙があふれ、唇が震えていた。

「もう寝かせてあげなさい。今までずっとがんばって生きてきたベルに、あなたはもっとがんばれって言うつもり？　ベルはエリちゃんが引き受けてくれるわ。私たちは、笑ってベルを送り出してあげるべきだと思う。それに、かわいそうなのはベルじゃなくて、残されたイーリアなのよ」

今井さんが視線を送った先には、部屋の隅っこで小さくなり、ひたすら自分の前足を舐め続けるイーリアがいた。ときどき、チラッとベルに目を向けるが、すぐにまた足を舐める。その姿は、全身で悲しみを表していた。そして、なんとか気を紛らわそうと、ああして自分の足を舐めているのだった。

イーリアの横では、コールがしょんぼりとした様子で伏せている。

「今朝から何も食べようとしないのよ。今は私、イーちゃんのほうが心配だわ。コールも食事を半分残しちゃったのよ」

今井さんが犬たちを見ながら心配そうに言った。

涼介はベルの顔に自分のほおを寄せ、両腕でベルの冷たい体を抱きしめた。あのときのベルの姿が思い出された。そしてあのときの目を……。昨日の朝、出勤する涼介の車を家の窓から見送っていたベルの姿。窓ガラスに鼻を押しつけ、じっと涼介を見つめていた、あの寂しそうな目。

ベルには予感があったのだろうか。もう二度と、会えなくなるという――。最後の、無言のお別れをしていたのだろうか。

そう思うとたまらなかった。悲しくて、切なくて、口の利けないベルが哀れだった。

「でも、どうして急にこんなことになったのかしら。夕べはとても元気にしていたのに」

今井さんが鼻をすすって言った。死亡の原因を突き止めるには、解剖するより他ない。だが涼介は、今さらそんなことをしても、意味のないことだと思った。その意見に今井さんも賛成だった。

「そうよ。原因が分かったって、結果は変わらない。ベルちゃんは帰ってこないんだもの。私はこう思うことにするわ。ベルはもうおばあちゃんで、そのうえ、知らないところで何カ月も生活するはめになってしまった。エリちゃんもいないところでね。環境の変化がストレスになるのよね？　そしてようやく帰ってこられた。だけど、家に帰ってもお母さんはいなかった。ベルはもう、くたくたに疲れていたのよ。もしかしたら、心臓だって弱っていたのかもしれない。それでね、エリちゃんがこの先苦しんで死ぬよりはって、ベルをお迎えにきたんじゃないかしら」

今井さんの言うことは、どんな医学的な診断よりも的を射ているように思えた。ベルを見送る人間たちには、そう思うほうが納得できた。

「エリちゃんもさ、むこうで犬なしの生活に飽きちゃったんだわ、きっと」

今井さんは、涼介の背中をポンとたたいて言った。

「そうかもしれないね。あいつ、犬のいない生活なんか、したことないもんなぁ。勝手なやつだ」

涼介はそう言うと、少し笑った。今井さんもいくらか立ち直った様子で言った。

「私たちが落ち込んでいたら、犬たちだって元気になれないわ。犬は敏感なんだから。ベルの死は、なんでもないことなんだって思わせなきゃいけないわ。やっとエリちゃんに会えて、ベルは今頃大はしゃぎしてるに決まってるわよ。私たちもいっしょに喜んであげなきゃ」

今井さんは、きびきびした口調でそう言ったあと、つけ加えて言った。

「覚えてた、涼ちゃん？　今日はエリちゃんの誕生日だったって」

十一月二十五日、そうだった。涼介は初め感慨深げにしていたが、やがて小さく笑うと言った。

「ハハ。あいつ、エリ子のやつ、自分の誕生日だからって一番ほしいものを持っていっちまったんだ。ベルをプレゼントにしたんだよ、自分用のね」


その日の夕方には、夕べ訪れた人の他にも、多くの人たちがベルにお別れをするため集まってきていた。山内はまだ仕事があるため、こちらへ来られるのは十時頃になってしまうと、泣きながら言った。そして長野の杉山夫妻も間もなく到着する予定だった。電話口で杉山は、

「たった二日で。二日前ですよ、あの子に触れたのは。……死にに帰ったんですかね」

と言って、言葉を詰まらせていた。

ベルは今、ソファの上ではなく、立派な柩に納められていた。今井さんが、エリ子のときと同様、急いで作らせたのだ。前回のエリ子の柩には鳩が描かれていたが、ベルの柩には何と、犬と猫の足跡が描かれていた。柩の中には、色とりどりの花に加え、犬用のガムやオモチャ、首輪にリード、それにドッグフードが入れられた。

明日、動物霊園で火葬したあと、遺骨を石碑の前に埋めることになった。最後の最後に、ベルが辿り着こうとした場所なのだから。

「遠吠え？」山村が聞き返した。今井さんとコーヒーを飲みながら話し込んでいる。

「そうなの。夜中の十二時半くらいだったわ。遠吠えが聞こえてきたの。そしたら、うちのジャン

ボまでいっしょになって鳴き出したのよ。チビたちは寝ちゃってたけど。それで今朝、ここへ来てあの子たちを見たときの私の気持ちったら、分かる？　あの遠吠えは、イーリアとコールがベルにお別れをしていた声なんだって知ったのよ。もうね、そりゃあもの悲しい声で、なんだか私まで寂しくなっちゃったわ。あのとき、ベルが死んだのね」

今井さんが、深夜の出来事を思い出すように言った。

イーリアは、つい先ほどまでベルが寝ていたソファに丸くなり、ときどきソファの下に置かれた柩をのぞき込んだりしている。

玄関のチャイムが鳴り、京子が出迎えにいくと、入ってきたのは杉山夫妻と森だった。奈々江は、リビングに入るなりベルの柩に取りすがって泣き出した。

「すみません、遅くなって。道にすっかり迷ってしまったもんですから。おい、奈々江。ごあいさつもしてないじゃないか」

杉山がたしなめるが、奈々江はもう自分とベル以外のことは、まったく頭に入らない様子で、ただただベルの体に覆いかぶさり泣くばかりだった。

杉山はため息をつくと、柩の前に座り奈々江の肩を抱きしめた。

「おい、ベル。やっと帰ってきたばかりだというのに、何をそんなに急いでいたんだ？　お前は満足して死ねたのかもしれないが、イーリアは……。イーリアは納得していないぞ。お前を母親のように慕っていたイーリアを残して、お前は、お前は、本当に逝くのか」

杉山は声を震わせて言った。涙があふれ出したが、それでも言葉を続けた。

「俺は今まで、何匹も犬を飼ってきた。でも、犬を尊敬したのは初めてだ。お前やイーリアと会って、いっしょに暮らせたおかげだよ。犬というのは、ただ飼って保護するものだと思っていたんだ。だが、お前たちと会い、そして明石さんや山村さんからお前たちとエリ子さんとの絆を聞いて、考えが変わった。犬というのは、人間とともに生きるものだ。お互いを求め合って、信頼し合って、無償の愛情を注ぎ合うものだ。そして、自分が死んでもなお、愛し続けたいと願うものだ。エリ子さんがそうだったようにな。犬というのは……うまい言葉が見つからないが、すばらしい友だ。俺は今、大切な友を亡くした。ベル、お前は俺に、人間として大切なことを教えてくれたんだ。命あるものすべて、愛し、守ろうという気持ちだよ。ありがとう、ベル。お前を誇りに思っているよ」

奈々江はもう、泣いていなかった。一方の手で夫の手をさすり、もう一方の手でベルの体を撫でていた。そしてポツリと言った。

「これからは、むこうからエリ子さんといっしょに、イーリアたちを見守るのね」

「そう。愛し、見守り、導きながら」

涼介が、イーリアの頭に手を乗せて言った。

その夜、山内は十二時近くになってやってきた。あいさつもそこそこにベルの柩にかがみ込むと、静かに泣いた。みんなが寝静まった頃、山内は再びベルのそばにいくと、柩の前であぐらをかき、ベルの頭を撫でながら静かに語り出した。

「ベル、初めて会った日のこと、覚えてるかい？　疲れて、つらそうな顔してたよな。あれから僕は、お前のことが頭から離れなくなったんだ。お前、あのとき頭を撫でさせてくれたろ？　うれしかったよ。どうしてお前やイーリアのことが気になってしかたなかったのか、いまだによく分からないんだ。たぶん、あのときの目だと思うんだ。訴えかけてくるような、寂しさを伝えようとしているような、あのときの目。あの目の魔法にかかったのかな。それとも一目惚れかな。犬に対してそんな気持ちになったのは初めてだよ。おととい、やっとお前たちに会えて、どんなに僕がうれしかったか分からないだろ？　エリ子さんがいなくたって、お前にはまだ幸せな時間があったはずだよ。だってこれだけたくさんの人に愛されているんだから。それでもやっぱりお母さんのところがいいのかい？　イーリアを残してでも、お母さんのところに行くんだね？　もうお母さんには会えたのかい？　あのときみたいに、ウロウロ捜しまわっていないだろうね？　これからはエリ子さんといっしょにイーリアを守ってやってくれよ。ゆっくりお休み。お前に会えてよかった。一生忘れないよ」

そのとき、カチカチと床を蹴る音がしたので振り向いてみると、そこにイーリアが立っていた。少し頭を垂らし、上目遣いで山内を見ている。

「おいで、イーリア」

山内が呼ぶと、イーリアはそばに来て座り、柩に顔を突っ込んでベルの匂いを嗅ぐ。そしていつものように、ベルの口元を舐めた。

「寂しくなるな、お前も。ベルはね、お母さんのところへ行ったんだ。むこうからお前を見てるよ。いつかお前も行けるんだぞ。それまでは、うんとみんなに甘えて、可愛いがってもらうんだよ。もしお前が言葉を話せたら、何て言うのかな。『今すぐ私も連れていって』かな。それとも、『いつかまた会おうね』かな。そう、いつかかならず会えるんだ。そのときが来れば、お母さんとベルがちゃんと迎えにきてくれるよ。それまでは、僕とも仲良くしてくれるかい？」

イーリアは前足を山内の肩にかけ、伸び上がると顔をペロペロと舐めた。

「よしよし。分かった。ありがとう」

それから朝まで、山内は目が冴えて眠れなかった。山内のふとんの上には、イーリアが丸くなって眠っていた。手を伸ばせば、すぐイーリアに触れることができる。たったそれだけのことがうれしかった。

イーリアは安心した様子で、スースーと小さな寝息をたてている。何の代償も求めず、自分を信頼してくれる存在がここにいる。泣き出したくなるほど、イーリアが愛しかった。主人を亡くし、ベルを亡くし、その悲しみを訴えることもできず、すべてを静かに受け入れて眠るイーリアが、不憫で、そして愛しかった。

山内にとって、イーリアはしっぽの生えた天使だった。


翌日は、朝からどんよりと曇っていた。今にも泣き出しそうな灰色の空。

一筋の煙となって、その空に昇っていくベルの魂を、みんながそれぞれの思いを胸に見送った。

伊万里焼きの壺に納められたベルの灰の一部を、涼介はひとつまみ取り小さなロケットカプセルの中に入れた。形見として残しておくために。そしてもう一つのカプセルを取り出し、同じようにひとつまみの灰を入れた。長野にいる、池田に渡すために。

「ベルはきっと、満足してるよ。幸せだったはずだ」

山村が静かに言った。

今、集まった人々は石碑の前で、掘られた穴を取り囲むように立っていた。エリ子のときにもそうしたように、一人ずつ灰を手ですくい、穴の中に撒いていった。最後に涼介が、壺の中の灰をすべて撒いた。かけらの一つも残らないように、壺を逆さにし、底の部分を手でたたいた。そして、土が静かにかけられた。

今、ベルは土に帰り、魂は天に昇る。そこではきっと、エリ子が待っている。両腕を広げ、幸せそうな笑顔でベルを迎えるだろう。愛してやまない我が子の一人を、今、やっと抱き取ったのだ。

ベルの葬式が終わり、みんながゾロゾロと家の中に入る頃、ポツリポツリと雨が降り出した。冷たい雨は一晩中降り続けたが、翌朝には何事もなかったかのような青空が広がっていた。

七　天使を送る

二年後。

エリ子が残したペット・カフェでは、京子の娘、エリ子の誕生会が行われていた。イーリアは相変わらず、メニューやおしぼりをテーブルに運んでいる。

二歳になったエリ子はイーリアが大好きで、いつもイーリアのおしりにくっついてまわる。だが、よちよち歩きのエリ子は、すぐに転んだり、頭をどこかにぶつけては泣き出すのだ。そんなエリ子をイーリアは、顔をペロペロ舐めてなぐさめてやる。するとエリ子はピタリと泣きやみ、キャッキャッとうれしそうに笑うのだった。

今井さんが目を細め、エリ子の様子を見ながら言う。

「子供の成長って、なんて早いのかしら。あんなに小さかったエリちゃんが、もう歩いているんだものねぇ」

その言葉に京子もうなずくと、

「毎日くたくたですよ。いっときも目が離せないの。もうなんでも口に入れちゃうんだから。この前なんか、イーリアのシッポをくわえてたんですよ」

と、愚痴を言った。

「ハハハ。イーリアもさぞかし疲れるだろうな。しょうがなくエリ子につきあってるって感じだもんな」

涼介が笑った。足元にはコールがつまらなそうな顔をして寝そべっていた。上目遣いでイーリアとエリ子の様子を眺めている。

店のドアに付けられているカウベルが鳴り、山内が入ってきた。

「遅くなってすいません。火事があったもんですから。幸い死傷者は出ませんでしたけど」

「ああ、そういえばサイレンが鳴ってたな」

涼介が窓の外をチラッと見て言った。

山内は今、ここ朝霧にある消防署に勤務している。自らの意志で転勤を願い出たのだ。そして、涼介といっしょにエリ子の家で暮らしていた。カウンター席に座った山内に、イーリアがおしぼりを持ってきた。山内はそれを受け取ると、イーリアの頭を抱きしめた。

「イーちゃんありがとう。いい子にしてたか？　会いたかったよ」

「朝会ったばかりだろ？」

涼介が苦笑すると、

「朝はあんまり時間がないから、会った気がしないんだよね。イーリアだってほら、一週間ぶりみたいに喜んでる」

と、イーリアとコールを撫でながら言った。

「ちょっと散歩に行ってきます。イーリア、コール、散歩に行こう。リード持ってきて」

山内に言われた犬たちは、ドアの横に掛けられているそれぞれのリードをくわえて持ってきた。

山村から服従訓練の方法などを教わり、悪戦苦闘しながらもようやく犬たちと信頼関係を築いた山内は、今では犬たちも認めるボスだったが、イーリアとコールが決めている序列では、やはり涼介がリーダーだった。

「おい、コールとイーリアをあんまり走らせるなよ」

散歩に出かけようとしている群れに、涼介が声をかけた。

「はーい。分かってますって」

コールは十日前に去勢手術を受け、三日前に抜糸を済ませたばかりだった。そしてイーリアは、コールとの子供を妊娠していた。二カ月前、イーリアとコールは二度目の交配に成功し、つい先日イーリアが無事に妊娠したことが分かったのだ。イーリアも、もう七歳だ。これが最後の出産になる。無事に子供が生まれたら、イーリアにも避妊手術を受けさせることにしていた。

子供は、正月には生まれてくるはずだ。男の子は長野の杉山夫妻が引き取り、女の子は訓練所所長の森が引き取ってくれる。杉山の妻、奈々江は、イーリアの子供ということもあり、孫が生まれてくるみたいだと言って楽しみにしていた。

初産のときの子供たちもみな元気で、毎日を楽しく暮らしている。シーナは来月に行われる競技会に出るため、山村のところに預けられていた。

「でもイーリアは赤ちゃんよりもやっぱり、エリ子さんやベルのほうがいいみたい」

京子が、涼介にコーヒーを注ぎながら言った。

そうかもしれない。イーリアは、暇さえあれば庭にいる。あの石碑の前に。そしてイーリアのそばには、いつもコールが寄り添っていた。ジャンボでさえ、来ればかならず庭に出ていき、石碑のまわりを嗅ぎ歩いていた。まるで墓参りをしているようだと、涼介をはじめ、みんなで言い合っていた。

人間などより犬のほうがよほど律儀だ。犬の持つ愛情や友情というものは、たとえ相手が死んでもなくなりはしない。自分自身が死ぬまで、永久に持ち続けるものなのだ。

これほど尊敬できる対象が、この世にどれだけいるだろう。犬たちの人間や仲間に対する不変の愛を思うとき、涼介はいつも、犬に対する尊敬の気持ちでいっぱいになるのだった。

年が明けて六日目、イーリアが出産した。

六匹の子犬を産んだイーリアも元気で、子犬たちもみな、順調に育っていた。牡が二匹、そして牝が四匹。そのうちの牡を一匹手元に置くことにしていた涼介は、早くも子犬用のハウス作りに取りかかって、みんなにからかわれていた。だが山内などは、もうオモチャや首輪、リードを買い込んできて、暇さえあればビデオに撮影しようと追いまわしているほどだ。

授乳期間が終わり、子犬が母親の元から離れるようになったその日から、涼介と山内の地獄のような毎日が始まった。

ゼウスと名付けられた子犬は、シーナのときよりも手を焼いた。やはり男の子だからだろうか、やんちゃで乱暴で、涼介たちはいっときも気が休まらない。あちこち小便はもらすし、ところかまわず糞をする。また、その糞の上で転げまわり、あげくはペロペロと舐めてしまう。糞まみれになった体でイーリアやコールにじゃれつくため、二匹はいつも糞の臭いを漂わせていた。

涼介が山村に泣きを入れると、

「子犬なんてそんなもんだよ。シーナが少しおとなしすぎたんだ。これがもしラブラドールの子犬だったら、家中爆撃されたみたいになるぞ。まさに戦争だよ」

と、笑っているだけだった。

「ちぇっ、冷たいなぁ。俺はもう捕虜になって、拷問されてるみたいだよ」

涼介が愚痴った。

「先生ー」

山内がリビングの入口に立ち、なぜか片足を上げてゼウスを抱っこしながら言った。

「僕は地雷を踏んでしまいました」

上げた片足の裏には、ゼウスの糞がべったりとついていた。

「早く風呂場で洗ってこい！　ついでにゼウスも洗っちまえ！」

涼介が怒鳴った。

山内は「はい」と小さく言うと、ゼウスを抱きながらケンケン跳びで風呂場に跳ねていった。

四月になり、ゼウスは二回目のワクチンと、狂犬病の予防注射も済ませ、ようやく外へ出かけられるようになった。外へ散歩に出るようになったゼウスは、イーリアやコールがワンツーのかけ声で排尿排便をする様子を見て、それを真似するようになった。涼介たちが、がむしゃらになってしつけをしなくても、イーリアやコールがちゃんと犬社会のルールを教えてくれるのだ。そういえば、エリ子も言っていた。

「イーリアにしつけを入れたのはベルなんだよ」

眠っているときのゼウスはまさに天使なのだが、起きるとその瞬間から悪魔になる。甘えん坊なのだが気が強く、どんなに叱ってもケロッとしている。家の中は常にグチャグチャで、ソファやベッドはかじられてボロボロだ。これでは、まだカフェのほうには連れていけない。

だが、三匹が寄り添い、川の字になって眠る姿を見ると、涼介も山内も暖かい気持ちになるのだった。

五月に入ったある朝、涼介は早めに家を出て仕事に向かった。

大型連休のため、観光地の朝霧では渋滞にまき込まれることがあるからだ。今朝、夜勤を終えて帰ってきた山内と入れ違いになる。ゼウスが玄関まで涼介を追ってくる。

「なんだ、寂しいのか？　よしよし、なんでそんなに可愛いんだ？　お父さん仕事があるからな。いい子にして待ってるんだぞ」

涼介はゼウスを抱き上げ、ほおずりをしている。

「ふーん、お父さんだって。先生、山村さんに言われたでしょ？　留守番させるときはそんな風に儀式をしちゃいけないって。自立心がなくなっちゃいますよ」

山内があきれた顔で言った。

「分かったよ。じゃあ行ってくる。子供たちのこと頼んだぞ」

そう言うと、涼介はゼウスを降ろし、仏頂面をして出かけていった。

「ハハ。親バカ丸出しだ。ほら、コール、イーリア。ゼウスもおいで。庭に出してやるからワンツーしておいで。それからごはんだよ」

山内はリビングのガラス戸を開けて、犬たちを庭へ出してやった。その間に犬たちの食事の用意をする。子犬のゼウスには一日に四回の食事を与える必要があるため、休みの日でも長い時間家を空けられない。

山内が鼻歌まじりに食事の仕度をしているときだった。

「ヒャーンヒャーン」

今まで聞いたことのないような鳴き声が聞こえた。

山内は急いで庭に出てみた。ゼウスがケガでもしたのかと思ったからだ。だが、ゼウスはボールを追いかけ、楽しそうに遊んでいる。イーリアとコールは庭の隅に座り、じっと山内を見ている。

「どうした。誰が鳴いたの？」

山内が声をかけると、イーリアが寄ってこようとした。が、立ち上がれない。前足を踏んばり、懸命に立とうとするのだが、うしろ足がユラユラしてしまって立てないのだ。

「イーリア！　どうしたんだよ！」

山内は靴も履かずに庭に飛び出していった。

イーリアは前足だけで這ってくる。うしろ足を引きずったまま。山内は、あわててイーリアを抱き起こし、立たせてみた。が、ダメだ。うしろ足がフニャフニャで、すぐ倒れてしまう。変なものでも食べたのかと思いあたりを見まわしてみたが、何もない。イーリアとコールの糞が並んでいるだけだ。

山内はイーリアを抱え上げると家の中へ引き返し、動物病院に電話をした。電話に出た竹田先生に、山内はしどろもどろになりながらも、なんとか病状を説明した。

「山ちゃん、それはすごく危険な状態だ。今すぐ連れてきて。涼ちゃんは？」

竹田が聞いた。

「仕事です。すぐ連絡してみるけど、捕まるかな。とにかく今行きます」

電話を切った山内は、すでに作っておいたエサをコールとゼウスにやると、イーリアを毛布にくるんで家を飛び出した。途中、携帯で涼介の病院に電話をしたが、カンファレンスの最中だという。しかたなく、涼介の携帯にメッセージを入れておくのであとでかならず聞いてくれるように、と伝言を頼んだ。

病院へ着くと、竹田が待ちかまえていた。すぐに診察台に乗せ、聴診器で体中を調べ始めた。その間に、助手が体温を計る。

「何か、こうなる前に変わったことはなかった？」

竹田の問いに山内は、

「とくに何も。庭に出してワンツーをさせていたら、イーリアの鳴き声がしたんです。行ってみたらもう、立てなくなってたんです」

と答えた。

「力んだせいかな。ウンチはしてあったんだろ？」

「はい」

山内は心配そうにイーリアを見つめている。

「脈が弱い。熱はないが、下半身の血流が悪くなっている。ほら、少し足が冷たくなってきてるだろ」

竹田が、イーリアの足の付け根に手を当てて言う。

「先生、イーリアはどうなってるんですか？ 何があったんですか？」

山内の問いかけに、竹田は暗い表情で答えた。

「レントゲンを撮ってみてからでないと断言はできないが、九十九パーセント、大動脈塞栓症だ。大動脈に血栓ができて、血液が流れなくなってるんだ。イーリアの場合、このおなかのところにある動脈に血栓ができたようだね。ほら、ここから下が冷たいだろ？」

山内は、竹田が指したイーリアのおなかのあたりに手を当ててみた。冷たい。手を置いた位置から下半身側がひんやりとする。

「レントゲンを撮ってから、血栓を溶かす点滴をしよう。二十四時間続ける。このまま入院させるからね。だが、覚悟はしておいてくれ」

竹田の言葉に、山内は愕然とした。

「覚悟って、先生、そんなに悪いんですか？ 原因は何なんですか？ 何がいけなかったんですか？」

竹田は、うろたえて青ざめる山内を、落ちつかせるように言った。

「山ちゃん、この病気はね、何の前触れもなく突然なってしまうんだ。おそらく、一週間前に検査をしていたって分からなかったはずだよ。だから自分を責めちゃダメだ。とにかく今は、気持ちをしっかり持って、できることは何でもしようよ。君がうろたえていると、イーリアも怯えてしまうぞ」

「はい。そうですね、分かりました。よろしくお願いします。僕、ちょっと電話をしてきます」

山内はそう言うと頭を下げ、診察室から出ていった。ドアを閉めるとき、「クーン」というイーリアの鳴き声が聞こえた。

山内は外へ出ると、片っぱしから電話をかけた。そしてその都度、イーリアが危ないということを口にしたためか、だんだんとその現実が山内の頭に広がってきて、イーリアが死と隣り合わせになっているんだと、今さらながら理解できるようになった。怖かった。イーリアを亡くしてしまうかもしれないと思うと、山内は怖くてたまらなかった。

すると、病院入口の自動ドアが開いて、竹田が走り出てきた。

「山ちゃん、今涼ちゃんから電話があった。すぐ帰ってくるそうだ。身内が危篤だと言ったらしい。イーリアの点滴を始めたよ。そばにいてやってくれないか」

ケージの中で点滴を受けるイーリアは、さっきよりも容態が悪くなっているように見えた。呼吸も苦しそうだった。

「この血栓ができて血液が流れなくなると、あっという間に病状が悪くなるんだ」

山内の心を読んだかのように、竹田が言った。

「イーリア、がんばるんだよ。すぐによくなるからな」

山内が話しかけても、イーリアはただぐったりとして、荒い呼吸を繰り返すだけだった。

三十分後に今井さんと京子が、そして一時間後には涼介が駆けつけた。イーリアの下半身は、冷たいままだった。

「なんてことなの。ベルが亡くなって、まだ二年しかたってないのに。可愛い赤ちゃんの子育ても終わったばかりなのに。ダメよ、イーちゃん。まだ死んじゃダメ。がんばるのよ」

今井さんがケージに頭を突っ込み、イーリアのうしろ足をさすりながら言った。

〝大動脈塞栓症〟それはまさに、ベルの命を吹き消した病だった。イーリアには分かっていた。もうすぐ自分に、死が訪れるということを。今はただ、この苦しみに耐え、そのときが来るのを待つだけだった。

夕方には、山村が有子といっしょに飛んできた。イーリアの様子を見た二人は、絶句して立ちつくした。その頃になるとイーリアは、苦しみのあまり唸り声をあげていた。目も血走ったようになり、舌も紫色になっていた。

点滴を交換しながら、竹田が涼介に言った。

「涼ちゃん、もうこれ以上のことはできないんだよ。この状態のイーリアに麻酔をかけることはできないから、手術も不可能だ。この心拍の波形を見れば、涼ちゃんにも分かるだろ？　残酷に聞こえるかもしれないが、安楽死ということも考えてやってくれないか？　イーリアのために」

「バカ言うなよ。イーリアはかならずよくなる。竹ちゃんは、イーリアを殺せというのか！」

涼介は、竹田をにらみつけて言った。

「そうよ。イーちゃんはきっとがんばってくれるわ」

今井さんがそう言うと、有子と京子も同意するようにうなずいた。

山内は、「がんばれ、がんばれ」と言いながら、イーリアの冷たい下半身をさすっていた。山村だけは、何も言わずにただイーリアを見つめていた。

この夜は、竹田にわがままを言って涼介と山内が病院に残らせてもらうことになった。他のみんなには、家に行ってもらうことにした。

深夜になると、イーリアは苦しみから逃れようとするかのように前足をバタつかせ、必死に起き上がろうとした。まるで、ここから出れば苦しみが消えるとでもいうかのように。

涼介は、落ちつかせようとイーリアの体に手を伸ばした。すると、イーリアは涼介の手に思いきりかみついた。一瞬ひるんだが、涼介はその手を引っ込めることはしなかった。もうイーリアは、何も分からなくなっているのかもしれない。自分のことも、涼介のことも。

涼介も山内も、何もしてやることができない自分が情けなかった。こんなとき、エリ子ならどうするだろう。

やっとイーリアが口を離すと涼介の手は血だらけで、どこに傷があるのかも分からないほどだった。

地獄のような夜をなんとかやり過ごし、ケージに朝日が差し始めた頃も、イーリアはまだ痛みや苦しみと戦っていた。

だが一瞬だけ、ふと我に返ったような顔をして、涼介と山内を交互に見つめた。

「クーン、クーン。ヒンヒンヒン」イーリアの目は訴えていた。

〝モウ、ガンバレナイ〟

涼介はそのとき、答えを見つけた。エリ子ならばこうするだろうという答えだ。涼介はイーリアを抱きしめた。下半身の冷たさは、今では胸にまで広がっていた。

「分かった。分かったよ、イーリア。もういい、もうがんばらなくていいんだ。偉かったぞ。ちゃんとうちに連れて帰ってやる。お母さんとベルのところへ行くんだよな」

涼介は泣いていた。そして山内も。イーリアだけが、心なしかうれしそうに見えた。

「竹ちゃんを呼んでくる」

涼介が呼びにいこうとしたとき、竹田がパジャマ姿のまま入ってきた。

「竹ちゃん、いろいろありがとう。イーリアを連れて帰る。注射器とアンプルくれないか」

涼介が、赤い目をして言う。山内はイーリアの前でしゃがみ込み、頭を抱えて泣いていた。

「涼ちゃん……。できるのか？　自分の手で、イーリアに……」

竹田が聞いた。涼介は、竹田の目をしっかり見据え、言った。

「ああ、できるよ。エリ子がいたら、同じことをしただろう。俺はイーリアをこの手で送ってやりたいんだ、エリ子とベルのところへ。イーリアを心から愛しているからだ。もう、静かに眠らせてやりたい」

「分かった。ちょっと待っててくれ」

竹田は、キャビネットからアンプルを、そして引き出しから注射器を取り出すと、涼介に渡した。それからイーリアの点滴や心電図のモニターをすべて外し、イーリアの頭に手を置いて言った。別れの言葉だった。

「よくがんばったね。君は本当にいい子だった。君と知り合いになれて、光栄だったよ。むこうに行っても、俺たちのこと忘れないでくれよ。ベルと同じように、君のことは忘れないよ。生きている限り、ずっと覚えているよ。さようなら、イーリア」

イーリアは動かなかった。もう唸ったり暴れたりもしなかったが、その目を開けることもなかった。ただ小刻みな呼吸を繰り返しているだけだった。


家へ帰ると、杉山夫妻が到着していた。車から降り、涼介と山内が毛布にくるまれたイーリアを抱きかかえると、みんながいっせいに表へ飛び出してきた。

「イーリアは？　どうだったの？」

今井さんが毛布をめくってのぞき込む。

「これからイーリアを、家族に返す」

涼介が静かに言うと、山内が注射器とアンプルを手のひらに乗せ、みんなに見せた。誰も、何も言わなかった。

奈々江が杉山の肩に顔を寄せ、唇を震わせていた。

「もう……どうにもならないのね？　本当にこれが、イーリアにとって幸せなことなのね？」

有子が涙をポロポロ流して言った。山村は有子の背中に手を回し、ポンとたたいて言った。

「そうだ。イーリアが何より望んでいることだ。イーリアには魂があるんだよ。その魂は純粋で無垢だ。俺たちの身勝手で、イーリアに苦しみを与え続け、その魂を冒涜するようなことがあってはいけない。もう、帰らせてやろう、家族のところへ」

「エリ子と、ベルのところへ」

涼介はそう言うと、庭に向かって歩いていった。そして朝日を浴びて、光を反射させている白い石碑の前で足を止めた。

「エリ子、イーリアをそっちに送る。しっかり受け止めてくれ。君が待ち続けていた最後の娘だ」

そう言うと涼介は、イーリアを抱いたまま石碑の前にあぐらをかいて座った。

「俺の娘でもあるんだよ、エリ子……。みんな、イーリアにお別れをしてやってください」

と、涼介は言って、イーリアの毛布を外した。

みんながそれぞれ、イーリアの体をさすり、頭を撫で、ほおを寄せて惜別の言葉をつぶやいた。

涼介は注射器でアンプルの液体を吸い上げると、自分も最後の別れをした。

「イーリア、行っておいで。むこうでお母さんとベルが待っている。道草食わずにまっすぐ行くんだよ。ありがとう、イーリア。楽しかったよ、お前といっしょに暮らせて。ありがとう、生まれてきてくれて。ありがとう……本当に……。ありがとう……愛してるよ。いつまでも、ずっと。愛してる」

涼介はイーリアの首に、一気に注射器を突き刺した。

みんなの嗚咽が聞こえる。コールとゼウスは、ただならぬ雰囲気に少し怯えた様子で、涼介とイーリアを交互に見つめている。

イーリアは、ゆっくりと目を開け涼介を見た。琥珀色のイーリアの瞳には、絶望も、不安も、悲しみも浮かんではいなかった。何かおもしろいものでも見つけたかのような、いたずらっ子そのものの目である。

その瞳が一瞬輝いた。イーリアには聞こえたのだ、エリ子の声が。

「いつもこうしていっしょにいようね。ずっと、ずっと、いっしょにいようね」

それはあの夏の日、海に沈む夕陽を見ながら、最後にエリ子が犬たちと交した約束だった。

イーリアが小さく「キュン」と鳴いた。そして、八時四十六分、静かに帰っていった。

五月のやわらかな風の吹く朝、一匹の犬が死んだ。

それは、小さな死だったかもしれないが、その死を看取った人間たちの心には、大きな喜びが残った。こんなにすばらしい犬たちが、この世に存在したという奇跡。その奇跡とともに、歩み、喜びや悲しみを分かち合えたことの幸せ。

拍手が聞こえた。山内だった。目に涙をためながらも、家族の元へ帰っていくイーリアを拍手で送っていた。一人、また一人と拍手が重なる。

集まった人々は、エリ子と犬たちとの絆がどれほど深かったか、どれほど大きな愛で守られていたかを思わずにはいられなかった。それは、人間と犬とが交感し合ったたしかな絆であり、たとえ土に葬られる骸になろうとも、互いを呼び合う魂は、永遠に不滅の親愛で結ばれているということだった。

今エリ子は、自らが残したメッセージに込めた思いを遂げた。

〝ここで待っています。愛し、見守り、導きながら〟

久遠の眠りの中で、再び家族となる。

コールが「クーン」と鼻を鳴らした。

犬は眠り、帰ってゆく。あのやさしい声を聞きながら。

〝ずっとこうしていっしょにいようね。ずっと、ずっと〟

五月のやわらかな風の吹く朝、一匹の犬が死んだ。

著者プロフィール

朝岡 リカ（あさおか りか）

1963年生まれ。
愛玩動物飼育管理士、アニマルナースの資格を生かし、ペットシッターとして活躍中。
ラブラドールとシェパード、そして8匹の猫と共に暮らしている。
神奈川県在住。

天使のいた日々 ——ある犬たちの物語

2003年11月15日　初版第1刷発行

著　者　朝岡 リカ
発行者　瓜谷 綱延
発行所　株式会社文芸社
〒160-0022　東京都新宿区新宿1－10－1
電話　03-5369-3060（編集）
03-5369-2299（販売）

印刷所　株式会社平河工業社

ISBN4-8355-6547-9 C0093